Paul Katsitis

Mykonos Crime 11
Glut

AF200118

Paul Katsitis

Mykonos Crime II
Glut

Bisher erschienen in dieser Reihe:

Mykonos Crime 1 Die Bestie von Mykonos
Mykonos Crime 2 Rache
Mykonos Crime 4 Der Drei-Sterne-Mord
Mykonos Crime 5 Tattoo
Mykonos Crime 6 Skalpell
Mykonos Crime 7 Hass
Mykonos Crime 8 Sturm über Mykonos
Mykonos Crime 9 Die Maske
Mykonos Crime 10 Abseits

Andere Mykonos-Bücher siehe Buchende

Impressum
Titelbild: istockphoto
Copyright Paul Katsitis 2019
ISBN 9783749466481
Herstellung und Verlag: BoD - Books on
Demand, Norderstedt

Jeder Band behandelt einen abgeschlossenen Fall, sodass die Bände nicht in der Reihenfolge gelesen werden müssen.

Alle Bücher der Serie wurden in Griechenland gesetzt. Da griechische Setzer keine deutschen Fehler erkennen können, finden sich in dem Buch sicher mehr Fehler als in einem normalen Buch. Aber so bleiben wenigstens ein paar Euro in Griechenland.

Alexandros Nikakis (früher Galis), 35, war leitender KoMmissar auf Mykonos und ist verheiratet mit

Angelos Nikakis, 29, war Hauptkommissar in Thessaloniki.
Nach ihrem Kennenlernen beschlossen beide, auf Mykonos eine Privatdetektei zu eröffnen. Um die Kosten für eine Kommissar- bzw. Stellvertreterstelle einzusparen, ermitteln Alex und Angelos im Auftrag der Gemeinde gegen Honorar. Ein guter Deal für beide Seiten.
Seit wenigen Monaten ist Angelos auch Bürgermeister.

Eine Karte finden Sie auf Seite 160.

για 𝒜

1

Nikos Christidis stand an der Brüstung und schaute aufs Meer. Der Sonnenuntergang ist und bleibt überwältigend, auch wenn man ihn schon hundert Mal gesehen hat. Sein Blick streifte vom Strand von Kalafati hinüber nach Agia Anna, einer kleinen Halbinsel mit wenigen Häusern. Und bei jedem Sonnenuntergang ärgerte er sich darüber, dass man diesen traumhaft gelegenen Ort touristiktechnisch nicht vermarktet. Noch nicht, fügte er in Gedanken hinzu.

Er blickte hinunter zum Gartenrestaurant, in dem schon die obligatorischen Fackeln brannten. Es war gut gefüllt. Seine Klientel wollte keinen Trubel und keine Horden von Kreuzfahrttouristen. Diejenigen, die nicht ohnehin hier in Christidis´ Hotel wohnten, kamen von Kalo Livadi herüber. Keine 3 Kilo-meter von Kalafati entfernt, wohnten dort die Reichen und Schönen, streng abgeschirmt von den normalen Mykonos-Gästen. Manche der Begüterten fuhren überhaupt nicht in die Chora, also nach Mykonos-Stadt. Das Publi-kum hatte in seiner Qualität stark nachgelassen. Längst vorbei die Zeiten, in denen der internatio-nale Jet-Set Mykonos als Hot-Spot ansah und die

Insel eine Art Monaco der Ägäis war. Verglichen mit anderen Inseln immer noch sündhaft teuer, wurde das Kykladen-Eiland ein Abklatsch von Ibiza oder Mallorca, allerdings ohne die grässlichen Bausünden der spanischen Inseln. Ohne Billigtouristen wäre es immer noch schön, vor allem bei Sonnenuntergang, dachte Christidis. Aber gerade die bessere Klientel legte zuneh- mend Wert auf Umweltschutz. Sie lebten zwar zum Teil im smogverpesteten London oder im vom Verkehrsinfarkt bedrohten Moskau, aber im Urlaub erwarteten sie Natur pur. Natürlich fuhren sie zuhause meist zwei SUV, die die Luft mit Stickoxiden vollpusten, aber hier sollte das Vergnügen ungetrübt bleiben.

Christidis seufzte. Gott sei Dank wussten nur wenige Gäste, dass es keine Kläranlage gab und das Abwasser von 20.000 Einwohnern und der gleichen Anzahl Touristen ungeklärt in die Ägäis geleitet wurde.

Zu meinem Glück. Aber vier Kilometer entfernt stank es mitunter bestialisch, besonders bei schwüler Wetterlage.

Im Grunde war Christidis zufrieden. Ein kleiner Stachel saß zwar in seinem Fleisch, aber …

Er hatte das Loft auf das Dach seines Hotels gesetzt, die beste Entscheidung seines Lebens. Sein Lehrherr im Beau Rivage in Genf hatte ihm eines eingeschärft: „Solltest du einmal ein eigenes Hotel besitzen, dann wohne auch dort. Ansonsten tanzen die Mäuse auf dem Tisch, sobald du das Haus verlassen hast." Er sollte recht behalten.

Anfangs wohnte Christidis in einem Bungalow oberhalb des Hotels. In weiser Vorahnung ließ er die Kamerabilder auf Monitore im Arbeits-zimmer seines Privathauses übertragen. Es wurde geklaut wie verrückt. An der Rezeption, an der Getränkeausgabe. Und es war auch egal, welcher Nationalität die Angestellten waren. So manches Hotel war schon an Diebstählen zugrunde gegangen.

Also wurde die Dachterrasse umgewidmet und seitdem wohnte Christidis praktisch im Hotel. Was sich positiv auf den Umsatz auswirkte. Bessere Kameras und seine Anwesenheit wirkten wahre Wunder. Dass sein Personal ehrlicher geworden war, daran zweifelte er.

Doch er war im Grunde genommen ein Glückspilz. Und dies zunächst ohne sein Zutun.

Vor fünf Jahren kam der erste Gast zu seinem Concierge und fragte unumwunden nach Kokain. Einem unentbehrlichen Nahrungsergänzungsstoff für Reiche. Sein Concierge war ratlos und fragte Christidis, der aushelfen konnte.

Es hatte sich schnell herumgesprochen bei seinen Gästen. Und man wurde anspruchsvoll.

Die Mengen wurden größer und man bestellte zum Teil beim Roomservice. Die Gäste wussten, dass sie sich auf die Diskretion eines Fünf-Sterne-Hotels verlassen konnten. Zunächst kaufte

Christidis die Kleinmengen bei Bars zusammen, die auf Mykonos oft neben Cocktails auch Zusatz-leistungen anboten. Aber es war ihm unange-nehm und nicht ganz ungefährlich. Je mehr von der Dienstleistung wussten, desto größer die Gefahr, dass er aufflog.

Christidis frohlockte.

Die Einnahmen aus dem Kokain-Verkauf waren ein unverzichtbarer Teil seiner Einnahmen geworden. Manche seiner Gäste orderten wohl auch für den Bedarf zuhause.

Jedenfalls waren die Mengen erstaunlich.

Schengen sei gedankt. Kontrolliert wurde am Flughafen praktisch nie. Und am Hafen über-haupt nicht.

Das Problem mit dem Einkauf der Ware hatte Christidis zwischenzeitlich gelöst. Einer der Barbetreiber hatte den Großhändler kontaktiert und ihm von dem neuen Kunden berichtet, natürlich auf eine entsprechende finanzielle Zuwendung hoffend. Und so erschien eines Abends ein Vertreter des großen Bosses in seinem Hotel und beim privaten Gespräch im Loft erzielte man schnell eine Übereinkunft. Christidis musste nun nicht mehr mit Barkeepern verhandeln, sondern mit Leuten, die professionell arbeiteten. Der große Boss könne aus gesundheitlichen Gründen nicht persönlich erscheinen, dies ändere aber nichts daran, dass man zuverlässig, sicher und diskret werde liefern könne. Das Beste war:

die Anlandung der Ware erfolge hier in Kalafati. Kurzer und sicherer Transportweg. Perfekt. Ware entgegennehmen und bezahlen. Das war´s.

Und die Menge – und damit der Gewinn – könnte problemlos gesteigert werden. Mit den zusätzlichen Einnahmen kann ich dann endlich daran gehen, mir den einen Stachel aus dem Fleisch zu ziehen, der mich noch piesackt, dachte Christidis. Alles in allem lief es also gut, aber man darf nie aufhören, mit der Zeit zu gehen und alternative Verdienstmöglichkeiten zu eruieren.

Die Gewinnspanne würde sich durch die Direktbelieferung um 40% erhöhen. Christidis berechnete im Kopf die zusätzlichen Einnahmen über die ganze Saison. Immens.

„Besteht die Möglichkeit, Ihren Boss doch persönlich kennenzulernen? Ich würde mit ihm gerne ein interessantes Investment besprechen, das für ihn sehr lohnenswert sein könnte!"

„Ich werde es weiterleiten, aber versprechen kann ich nichts, denn – wie gesagt – er hat gesundheitliche Einschränkungen. Wir melden uns bei Ihnen", sagte der Emissär.

„Es gibt noch ein Problem", sagte Christidis.

„Das Problem heißt Nikakis. Er ist der Chefermittler auf der Insel und …"

Der andere Mann lachte.

„Angelos Nikakis, auch Bürgermeister und verheiratet mit Alexandros!"

Der kennt sich aber gut aus.

„Keine Sorge. Um den Herrn kümmern wir uns rechtzeitig. Er wird weder Sie noch uns stören. Es besteht kein Risiko. Einen Warnschuss hat Herr Nikakis ja bereits bekommen!"

In dem Moment wurde Christidis klar, dass es sich bei dem großen Boss um Maska handeln musste. Er hatte schon einmal den Drogenmarkt auf Mykonos unter Kontrolle.

Und er hat Angelos Nikakis fast getötet. Doch der überlebte und jagte Maska von der Insel.

Nun war er offensichtlich zurück. Die Geschichten über ihn waren gruselig. Verräter wurden an Haie verfüttert und dann war da noch die Story über den Mann, der bei lebendigem Leib von einem Kasuar totgepickt wurde.

Christidis bekam eine Gänsehaut.

Gut: Ohne Risiko kein Gewinn. Und für den Stachel würde er Hilfe brauchen. Jemand ohne Skrupel kam Christidis da gerade recht.

2

„Alex, komm doch mal in die Küche!"
Angelos grinste breit, als herunterkam.
„Wenn du grinst, schwant mir immer gleich böses!"

„Ach woher. Schau mal!"

Angelos klickte zwei Mal, ein Fenster ging am Notebook auf und Alex stockte der Atem.

Das waren sie. Er und Angelos. Beim Sex. Und zwar nicht zuhause, sondern auf dem Leuchtturm. Die Aufnahme war gestochen scharf.

„Da waren Kameras?", fragte Alex entsetzt.

„Klar. Da *sind* Kameras", antwortete Angelos.

„DU WUSSTEST ES?" Alex wurde laut.

„Logisch. Ich habe sie dort anbringen lassen!"

Angelos war nicht nur der Chefermittler, sondern auch Bürgermeister und hatte die ganze Insel mit Kameras zugepflastert, was die Straßenkriminalität praktisch zum Erliegen brachte. Denn an ein schnelles Flüchten war ohnehin nicht zu denken. Wohin auch? Hafen und Flughafen waren die einzigen „Ausgänge" Mykonos´.

„Allerdings waren dort schon vorher Kameras des Militärs. Der Leuchtturm ist enorm wichtig für die Verteidigung Griechenlands. Gegen wen auch immer", sagte Angelos spöttisch.

Nett war der Sex ja. Beim Drehen des Lichtes warf Angelos jedes Mal einen riesigen Schatten aufs Meer – samt Erektion in Kilometergröße.

„Ich wusste, warum ich mich zuerst geweigert hatte", knurrte Alex.

„Schau mal, die Qualität ist doch erstaunlich", meinte Angelos fröhlich.

„Und wo ist das bitte zu sehen? Ich hoffe, nicht auf ‚You tube'"

„Entspann´ dich. Ich fand es toll. Und du auch. Außerdem laufen die Bilder nur bei uns auf und bei Maria in der Polizei."

Maria war die Leiterin der „normalen" Polizeiinspektion.

„MARIA KANN DAS SEHEN?"

„Äh ja. Halt. Außer Dienst gehen die Bilder ins Amtsgericht. Mist!" Angelos Lächeln war nicht mehr so breit.

Der neue Richter hatte Alex und Angelos fast auseinandergebracht. Er hatte Angelos mehr als nur angebaggert und der brauchte zwei Tage, um zu erkennen, dass Kostas, der Richter, nur auf ein schnelles Abenteuer aus war.

Nicht Angelos´ Fall.

„SUPER. Jetzt sieht der Depp dich doch noch nackt. Und mich dazu", knurrte Alex erneut.

„Und? Er sieht nur etwas, was er nie bekommen wird!"

Dies aber war Alex damals nicht klar. Er hatte gelitten, bis Angelos doch wieder nach Hause kam.

„Außerdem bezweifle ich, dass er ausgerechnet diese Videos anschaut", versuchte Angelos Alex zu beruhigen.

Damit aber lag Angelos daneben. Der Richter war hochentzückt und musste feststellen, dass ihm doch etwas entgangen war.

„Und jetzt lass uns in die Koje gehen. Wir haben sechs Stunden Flug vor uns", sagte Angelos und legte den Arm um Alex.

Die Herren Angelos und Alexandros Nikakis mussten am nächsten Tag nach Dubai.

3

Er stand an der Reling der „Delphi".

Abu Bakar, genannt „die Maske", blickte durch das Fernglas und sah im Flimmern der Hitze Mykonos, die Chora.

Sentimental war er nicht, dennoch merkte er, wie bei dem Anblick sein Blutdruck stieg.

Mykonos. Der Ort seines größten Triumphes. Und der Ort seiner größten Niederlage. Gut, wenn man von dem Tag absah, an dem ihm die Amerikaner mit einem Flammenwerfer die Hälfte des Gesichts verbrannten. Danach sah Abu Bakar aus wie ein Zombie. Nein, bei einem Zombie wären die Menschen weniger erschrocken. Er konnte es verstehen. Er selbst schaute nie in einen Spiegel. Er hatte auf der Seite kein Auge mehr, der Nasenflügel war in heißem Dampf aufgegangen und das Ohr war nur noch ein Knorpelrest. Daher ließ er in Dubai eine Maske aus Karbon anfertigen, die mit einem Kleber befestigt werden musste. Dennoch blieb das Entsetzen der anderen. Die Kante der Maske war sichtbar und er wusste, was sich jeder, der ihm begegnete, fragte: wie sieht es wohl unter der Maske aus?

Vor vier Stunden schaute er zum ersten Mal seit drei Jahren wieder in einen Spiegel. Und das Ergebnis war besser als er erwartet hatte.

Die Hauttransplantation hatte die Narben fast verschwinden lassen, die Augenhöhle war restauriert, natürlich mit Auge. Und er hatte endlich wieder ein Ohr.

Das Geld für die Rekonstruktion – ein Vermögen – war gut angelegt. Es war ein Wunder, das sie in Dubai vollbracht hatten.

So kam es zum dem seltsamen Umstand, dass der Mann, den man „Maske" nannte, keine Maske mehr tragen musste.

Es gab nur einen Nachteil: den Gegenüber packte nicht sofort das Grauen, aus dem Abu Bakar einen unschätzbaren Vorteil zog: man fürchtete ihn von der ersten Sekunde an. Nun, er würde den nun weggefallenen ersten Schreck des Anblicks durch einen Schreck der grausamen Tat ersetzen.

Er hätte sich keine Sorgen machen brauchen. Manche auf Mykonos bekamen noch immer Alpträume beim Gedanken an die auf einer CD festgehaltenen Bilder einer Haifischfütterung. Und diese Träume liefen in Slowmotion ab, so wie auch das Original.

Ein gelungener Gag, dachte Abu Bakar.

Er ließ das Fernglas sinken und schaute zum Bug der „Delphi". Teuer war sie, die Yacht.

Sein letztes Schiff war ein Fischkutter, oder besser: war als solcher getarnt. Im Inneren bot er aber eine Menge an modernster Technik und an Komfort. Allerdings war das nichts im Vergleich zu diesem Schiff.

Vierzig Meter lang und zwölf Meter breit, war die „Delphi" eine Augenweide. Ein Pool an Deck, das Innere aus feinstem Teak und das ein oder andere Wasserspielzeug, darunter ein kleines U-Boot. Nicht zu vergessen natürlich der Hubschrauberlandeplatz. Die Technik machte jedem militärischen Schiff Konkurrenz, nein, sie war überlegen. Hinzu kamen seine geliebten Mini-Drohnen, die für seine Geschäfte so hervorragend geeignet waren.

Denn: eines hatte er aus der „Causa Mykonos" gelernt: Menschen kann man nicht vertrauen. Das tat er zwar schon vorher nicht, aber er irrte, als er glaubte, dass er diesen Konstruktionsfehler des Homo sapiens durch viel Geld beheben könne. Falsch. Allerdings hatte keiner überlebt, der ihn betrogen hatte.

Gut, nun war er zurück, mit dem Vorteil, dass er anders aussah, dank der Herren vom Saudisch-Deutschen Krankenhaus im Westen Dubais. Abu Bakar hatte auch noch andere Korrekturen vornehmen lassen. Viel Ähnlichkeit mit dem alten Abu Bakar, einem studierten Biochemiker aus Karatschi, bestand nicht mehr.

Vom ursprünglichen Abu Bakar aber hatte er eines übernommen: den unbändigen Hass auf Angelos Nikakis, den Mann, der ihn von der Insel vertrieben hatte. Dabei hatten sie sich nie persönlich kennengelernt oder auch nur gesehen. Als er Nikakis den Leberschuss verpasste, stand er 800 Meter entfernt auf einer Anhöhe.

Und er, der vielleicht beste Scharfschütze des Nahen Ostens, hatte danebengeschossen.

Daneben hieß in diesem Fall: statt ins Herz traf das Projektil Nikakis in der Leber. Im Regelfall tödlich. Doch dieser Typ hatte das unverschämte Glück, dass man ihn durch eine Teiltransplantation retten konnte. Und nur zwei Tage nach der Operation zerschlug er vom Krankenbett aus per Telefon Abu Bakars Drogennetz auf der Insel. Nur mit Mühe konnte die „Maske" entkommen. Über all die Zeit loderte der Hass, der Durst nach Rache und der Wunsch, Nikakis leiden zu sehen. Langsam und schmerzhaft soll es werden.

Erst wenn dies erledigt wäre, hätte er freie Bahn auf „seiner" Insel.

Auf der „Delphi" fühlte Abu Bakar sich sicher. Bewegungssensoren und sogar ein Raketen-ortungssystem machten die Yacht zu einer Festung. Der Vorbesitzer war der CEO einer Rüstungsfirma aus Houston, Texas, der offen-sichtlich unter Verfolgungswahn litt. Wobei: ganz abwegig war es nicht, denn mittlerweile sitzt der Herr im Bundesgefängnis.

Abu Bakar sah, wie ein Helikopter auf sein Schiff zuhielt. Mit 90 Knoten schoss er im Tiefflug über das Wasser. Er stoppte im Schwebezustand über der „Delphi" und Abu Bakar ging unter Deck, denn der Lärm war unerträglich für ihn. Sein „neues" Trommelfell war noch zu empfindlich.

Erst als die Rotoren langsamer wurden, begab er sich wieder nach oben.

Dem Helikopter entstieg ein Mann, den er kennenlernen wollte.

„Herzlich willkommen auf meinem Flautenschieber", sagte Abu Bakar.

Der andere Mann lachte.

Es war Nikos Christidis.

4

Noch auf der Fahrt nach Santorini musste Abu Bakar lachen. Sein Gast hatte gehörigen Respekt vor ihm. Er hat also die CDs gesehen und die luxuriöse Umgebung schüchterte ihn zusätzlich ein, wie erwartet, dachte die „Maske".

Die Mengen an Kokain, die Christidis abnahm, war beträchtlich und angesichts seiner Klientel ausbaufähig. Und da dessen Hotel direkt in der Anlandungszone lag, war das Risiko minimal.

Aber Christidis war noch aus einem anderen Grund interessant. Er hatte eine Vision. Ein Projekt, das zweifellos zu einem riesigen Erfolg werden würde. Und wer viel Drogengeld einnimmt, der muss es auch waschen. Am Besten eignen sich hierfür Immobilienprojekte.

Hier verliert man beim Waschen keine 50% wie bei den üblichen Wegen, nein, man machte in der Regel sogar Gewinn.

Außerdem ist Diversifikation für jedes Unternehmen wichtig. Zu unsicher ist oft das Hauptgeschäft, gerade im Geschäftsfeld Drogen.

Christidis Vision gefiel Abu Bakar. Das war etwas nach seinem Geschmack. Nur brauchte der Grieche Unterstützung. Und die beschränkte sich nicht auf Geld. Abu Bakar musste auch seine anderen Fähigkeiten einbringen. Grausamkeit und Rücksichtslosigkeit.

Jetzt gilt es erst einmal die Voraussetzung zu schaffen, dachte er.

Von Santorini ging es mit Aegean nach Athen. Dort wartete er zwei Stunden auf seinen Anschlussflug – nach Dubai.

5

Mein Mann ist einfach nur schön, dachte Alex.

Selbst im Krankenbett. Und selbst nach zwei Jahren konnte er sich an Angelos nicht sattsehen. Die pechschwarzen Haare, das makellose Gesicht. Und – viel wichtiger: er war eine treue Seele.

Die treue Seele wachte gerade auf.

„Herrgott. Ich hasse Vollnarkosen", brummte Angelos.

„Ich verstehe immer noch nicht, warum wir zur Nachsorge deiner Leberoperation nach Dubai mussten. Berlin oder London wäre bestimmt auch gegangen", beklagte sich Alex.

„Danke, mir geht es gut", antwortete Angelos.

„Signomi, agapi-mou. Ich kriege nur kaum Luft!"

Außen herrschten 45 Grad und im Inneren war es nicht besser, denn im Saudisch-deutschen

Krankenhaus verzichtete man auf Klimaanlagen. Brutstätten manch tödlicher Infektion.

„Du bist Grieche, Herrgott", sagte Angelos lachend.

„Ich wäre lieber Finne an solchen Tagen. Puh!"

„Dann wärst du blond und bleich. Und würdest trinken!"

„Rassist", antwortete Alex lachend.

„Jetzt schauen wir mal, ob sie die richtige Stelle operiert haben." Angelos zog die Bettdecke herunter. Über der Leber klebte ein großes Pflaster.

„Du musstest noch einmal operiert werden?", fragte Alex entsetzt. Angelos druckste ein wenig herum.

„Äh, ja, aber nicht an der Leber, sondern darüber!"

Alex schaute verwirrt.

„Na ja. Die Narbe war ja wirklich hässlich. Und ich will, dass mein Gatte denselben außerordentlich schönen Mann zurückbekommt, den er geheiratet hat!"

Alex verstand überhaupt nichts.

„Eine Hauttransplantation. Für einen Ex-Kommissar bist du ziemlich begriffsstutzig", sagte Angelos vergnügt.

„Eine Schönheits-OP? Ich erleide hier pro Tag fünf Hitzschläge … Also mich hat die Narbe nicht gestört."

„Aber mich. Schließlich bin ich …"

„... der schönste Mann der Insel. Ich weiß", antwortete Alex.

„Und vielleicht bald auch der schönste Bürgermeister Griechenlands", feixte Angelos.

Angelos lachte.

„Ich liebe dieses ratlose Gesicht!"

„Danke für die Blumen. Was soll das mit dem Bürgermeister?", fragte Alex, Böses ahnend.

„Äh, vor vier Wochen hat Vogue Griechenland angerufen, dass sie eine Umfrage machen, wer der schönste Bürgermeister des Landes ist und ..."

„Oh heiliger Gott bist du eitel", warf Alex ein.

„Sie machen ein Shooting in zwei Wochen."

„WAS? Du in einem Frauenmagazin? Spinnst du?"

„Wäre dir ein Schwulenmagazin lieber?", fragte Angelos amüsiert.

„Mein Mann erscheint NIRGENDWO nackt", stellte Alex fest – und war richtig sauer.

„Nackt? Bist du wahnsinnig? Lediglich der Oberkörper. Aber da sieht man die Narbe und mich hat sie ohnehin gestört. So."

„Du hättest etwas sagen können, mein eitler Prinz!"

Angelos war eingeschnappt.

„Der eitle Prinz kassiert 30.000 Euro, die ich dringend brauche, damit die Schule endlich Computer bekommt!"

„Und jetzt stehe ich wieder als Depp da", sagte Alex.

„Aber ich liebe meinen Depp und die Fotos werden bestimmt gut!"

„Super. Mein Mann als Masturbationsvorlage!"

„Macht dich das nicht stolz?"

„Na ja. Ich mache keine Luftsprünge. Aber besser als in einem Schwulenmagazin!"

„Und ich habe darauf bestanden, dass du auf mindestens einem Foto zu sehen bist. Nun zufrieden?"

„Oh." Mehr brachte Alex nicht heraus. Er nimmt mir immer den Wind aus den Segeln, dachte Alex. Aber das ist gut so. Er lächelte.

„Hoffentlich wirst du nicht nur zweiter, ich will keinen depressiven Ehemann!"

„Keine Sorge. Dass ich nur zweiter werde, ist ausgeschlossen. Oder?"

Alex lachte.

„Ich liebe dich auch wegen deiner Bescheidenheit. Dann hol´ ich meinem Pin-up-Boy und mir einen Espresso!"

„Gute Idee, arkouda-mou!"

6

Christidis lief durch die Matogianni in Richtung Fabrika-Platz. Vorbei an den Luxusboutiquen. Sauer stieß ihm aber auf, dass soviel Fläche verschwendet wird. Noch immer gab es Billig-Läden und an jeder Ecke eine Filiale von „Souflaki Story". Das dort verwendete Fleisch war gehäckselte Billig-Ware aus Bulgarien. Grauenhaft.

Er war auf dem Weg zu seinem zweiten Hotel, einer kleinen Klitsche mit gerade Mal 25 Zimmern. Aber sie lag günstig, in direkter Nähe zu den Bushaltestellen am Fabrika-Platz und: man wohnte wirklich im Zentrum.

Das „Hellenic" war praktisch immer ausgebucht, was Christidis eigentlich hätte freuen sollen. Stattdessen ärgerte er sich jedes Mal beim Anblick. Er hatte seit Jahren nichts investiert, denn es lohnte sich nicht. Für bessere Gäste müsste er die Zimmer vergrößern und dann hätte er vielleicht noch zehn Räume zum Vermieten. Ein Witz. Noch viel mehr regte ihn sein „Büro" im „Hellenic" auf. Eine Besenkammer.

Ich brauche sofort eine Therapiesitzung, dachte Christidis. Er holte eine CD aus der Schublade und öffnete am PC die Datei „Mykonos Majestic". Das war das beste Mittel gegen Depressionen.

In 3D-Darstellung präsentierte sich das „Majestic" vor seinen Augen.

Der ganze Häuserblock bestand aus 16 kleinen Häusern, eines davon das „Hellenic".

Seine Vision war es, alle 16 Häuser zu einem Komplex zu vereinen und daraus das beste Haus am Platze zu machen. Mit der semantischen Verrenkung „Entkernung" verschleiert man seit Jahrzehnten den Begriff Abriss. Denn nichts anderes ist es: ein Komplettabriss mit Ausnahme der Fassade.

Aber an der Außenseite konnte Christidis nicht rütteln. Der typisch weiß-blaue Anblick durfte nicht getrübt werden. Ein weiteres Problem war die maximale Höhe von zwei Stockwerken, auch bei 16 Häusern zu wenig Platz für ausreichend Suiten. Daher schlug der Architekt, der dieses Meisterwerk am Computer entwarf, vor, in die Tiefe zu gehen. Die Zimmer mussten natürlich „oben" untergebracht werden. Ales andere würde in den Untergeschossen landen, zu denen Rolltreppen führen sollten. Küche, Büroräume und das Spielcasino bräuchten kein Licht. In Las Vegas sieht ein richtiger Spieler auch kein Tageslicht. Er soll durch nichts abgelenkt werden, um den maximalen Umsatz zu erzielen. Im Zentrum der Anlage würde er ein Atrium errichten, denn Restaurantgäste der von Christidis anvisierten Klientel, wollen im Freien, aber in Ruhe essen. Und in „seinem" Hotel könnte man auch problemlos im April oder November absteigen. Bei der Sorte Hotel spielen Wetter und Saison keine Rolle.

Seine Vision wurde nur gestört von den halsstar-
rigen anderen Hausbesitzern in dem betreffenden
Block. Zwei, drei wären schon bereit, zu verkaufen,
doch das half nichts. Er brauchte alle Häuser,
ausnahmslos.

Bis vor Kurzem schien sein Plan ein Traum zu
bleiben. Doch mit der Nachricht, dass die Maske
wieder hier war, kam wieder Bewegung in die
Sache. Er könnte den nötigen Druck ausüben,
dem man besser folgte, wenn man nicht im Bauch
eines Hais oder in der Schrottpresse landen wollte.
Das Gespräch mit ihm war höchst erfreulich.
Darauf hatte Christidis gehofft. Die Maske
brauchte eine Geldwaschanlage. Mit dem
„Majestic" hätte er sie. Und noch besser: er würde
sogar noch Geld verdienen.

Sicher, auch für Christidis galt: Scheitert das
Projekt, war es mit seinem Leben vorbei. Da
machte er sich nichts vor. Aber sein Projekt war
nicht durchführbar, wenn man nicht die nötigen
Maßnahmen ergreift.

Druck. Drohung. Mord.

Und all dies hatte die Maske im Programm.

Die Maske überprüfte derweil seine Verkleidung. Grüner Kittel, Badge, Keycard. Und
natürlich die Spritze. Er lächelte den Spiegel
an. Angelos Nikakis würde gar nicht mitbekommen, wie ihm geschah. Eine Fahrt ins Jenseits mit
Fragezeichen.
Doch als er den Aufzug verließ, erschrak Abu
Bakar. Nikakis´ Ehemann kam ihm auf dem Gang
entgegen. Doch der lief vorbei, ohne ihn eines
Blickes zu würdigen und drückte den Aufzugs-
knopf. Die Maske atmete durch und ging weiter.
Zimmer 712.

In der Cafeteria, zwei Stockwerke höher, hatte
man einen atemberaubenden Blick auf die Stadt.
Die Hitze brachte die Luft zum flimmern und eine
Dunstglocke, wohl eher eine Abgaswolke, hing
über der Stadt. Gott, bitte bring mich bald nach
Hause. Alex dachte an das windige Mykonos.
Er ließ die zwei Espressi aus dem Automaten und
trug das Tablett zur Kasse.
Plötzlich zuckte er und ließ vor Schreck das Tablett
fallen. Er rannte zum Aufzug und fluchte, weil die
Kabine natürlich nicht für ihn bereitstand. Ein
Aufzug ist nie da, wenn man ihn braucht.
Der Arzt, der ihm entgegengekommen war. Er
hatte das Gesicht erkannt. Abu Bakars rechte
Hand, Raschid, hatte sich abgesichert, indem er

Belege, CDs und anderes beiseiteschaffte. Aber es hatte ihm nichts genützt. Raschid fing sich einen Kopfschuss ein. Doch dank seiner Sammlung kamen Alex und Angelos auf Abu Bakars Spur. Nein, Angelos war ihm auf die Spur gekommen. Unter den Unterlagen fanden sie auch Aufnahmen, die wohl von einer Überwachungskamera standen. Alex hatte sofort den Eindruck, den Mann zu kennen.

Oder zumindest das halbe Gesicht. Offensichtlich war die zerstörte Hälfte rekonstruiert worden. Und jetzt wollte er sich an Angelos rächen. Verflucht. Die schnellsten Aufzüge der Welt. Angeblich. Braucht man einen dringend, ist keiner da. Endlich. Alex fuhr nach oben und rannte anschließend den Gang entlang, bis er Angelos´ Zimmer erreichte. Als er die Tür öffnete, sah er Abu Bakar. Angelos lag arglos in seinem Bett.

Und Abu Bakar hielt eine Spritze in der Hand.

Alex hechtete über Angelos´ Bett, aber nicht, um Abu Bakar zu überwältigen, sondern er musste den Infusionsständer umstoßen, um zu verhindern, dass die Flüssigkeit, die Abu Bakar wahrscheinlich in den Beutel gespritzt hatte, Angelos´ Körper erreicht. Es würde Angelos den Zugang aus der Vene reißen. Schmerzhaft, aber notwendig. Und tatsächlich schrie Angelos auf. Abu Bakar stand wie gelähmt da. Er hatte nicht damit gerechnet, dass Alex ihn erkannt hatte, doch der lag noch benommen am Boden. Bei dem Hechtsprung war Alex gegen die Kante des danebenstehenden Bettes geknallt. Abu Bakar stürzte sich auf Alex und begann, ihn zu würgen. Aber Angelos schlug ihn so fest wie mög- lich das Notebook auf den Kopf. Abu Bakar rollte von Alex herunter und versuchte, aufzustehen. Da traf ihn das zweite Wurfgeschoss, genau in das eine Auge, das ihm noch geblieben war. Das andere war nur eine, wenn auch gut gelungene Attrappe.

Er sah nichts mehr. Angelos hatte sich das Nächst- beste gegriffen, das er finden konnte. Und das war eine Toblerone-Schokolade. Die er am Flug- hafen erstanden und kurz zuvor geöffnet hatte. Hervorragend geeignet als Wurfgeschoss, denn gefühlt besteht sie zu je 50% aus Granit und Beton. Die Rezeptur muss von einem Zahnarzt stammen, denn beißen kann man sie nicht, außer man hat mindestens zwei Zusatz-Versicherungen. Alex weigerte sich konsequent sie zu essen, seitdem es ihm ein Doppelkrone zerbröselt hatte. Treffen einen die Kanten einer Toblerone ins Auge, so wird es final dunkel.

Alex stieß Bakar mit Wucht um, schlug seinen Kopf mehrmals gegen den Boden und fesselte ihn mit den Infusionsschläuchen.

Alex lehnte sich am Boden sitzend an die Wand. Und hechelte.

„Und wieder mal bist du mein Held", sagte Angelos. „Danke. Wie hast du ihn überhaupt erkannt?"

„Ich vergesse nie das Gesicht von Leuten, die dich umbringen wollten. Am Liebsten würde ich ihm das Genick brechen", antwortete Alex noch immer außer Atem!"

„Mit dir an der Seite kann mir einfach nichts passieren. Und dann dieser Sprung übers Bett. Respekt! Carl Lewis war ein Dreck im Vergleich zu dir!"

„Carl wer?"

„Oh du Sportmuffel. Vergiss es. Starke Leistung! Wir sollten die Polizei rufen", sagte Angelos.

„Mach du das. Ich sammle meine sieben Sinne wieder ein. Das gibt eine schöne Beule am Kopf!"

Angelos rief im Stationszimmer an. Natürlich kamen zuerst zwei Pflegerinnen, von ihrer Neugier getrieben. Erst danach riefen sie die Polizei.

„Wie wohl der Kommissar aussieht? Mit Scheich-kostüm, auf einem Teppich sitzend?", fragte Alex.
„Rassist. Und außerdem gehört der Teppich nach Bagdad und nicht nach Dubai. Und jetzt komm her und leg dich zu mir ins Bett!"
„Der Kommissar wird uns festnehmen", widersprach Alex.
„Mir wurscht. Komm jetzt her und lass dich drücken!"

9

Ähem."

Ahmed Kamil, Superintendant der emiratischen Polizei. Der Anblick zweier Männer in einem Bett war etwas Neues.

Vielleicht sind es ja Brüder, dachte er.

Angelos und Alex waren eingeschlafen, nachdem zwei Polizisten Abu Bakar fortgeschleppt hatten.

„Halt", schrie Angelos und zückte sein Handy.

„Ziehen Sie ihm den Kopf etwas zurück. Wir brauchen dringend ein aktuelles Foto!"

Die beiden Polizisten lachten.

„Das machen wir im Gefängnis. Und dieser Mann wird die nächsten zwanzig Jahre Gast unseres Emirs sein!"

Uns nun stand der Inspektor im Zimmer. Den Titel Superintendant hatte man von den ehemaligen Kolonialherren übernommen.

„Sie waren also das Ziel des Anschlags?", fragte Ahmed Kamil. „Und Ihr Bruder hat Sie gerettet."

Angelos schaute etwas verdutzt.

„Bruder? Ach was. Alex hier ist mein Ehemann!"

„Salam Aleikum", sagte Alex grinsend.

Verheiratet? Zwei Männer? Das ist doch Sodomie! Allah, steh mir bei, dachte Ahmed Kamil. Na ja, man munkelt, auch der Kronprinz hätte so seine Erfahrungen in der Richtung. Er verscheuchte den Gedanken, denn nur das Denken allein konnte gefährlich sein. Ahmed Kamil schüttelte es.

Andererseits hatte er die Anweisung, die beiden freundlich zu behandeln und zügig zum Flughafen zu bringen. Wobei die Betonung seines Chefs auf „zügig" lag. Die Anweisung käme direkt vom Geheimdienst.

Was die zwei Schwuchteln mit der nationalen Sicherheit zu tun haben, war Ahmed Kamil jedoch ein Rätsel.

„Gut. Sie haben den Angreifer also identifiziert, richtig?"

„Ja. Ich habe die Maske von einem Fahndungsfoto her erkannt."

„Maske? Er war also vermummt?"; fragte Ahmed Kamil.

„Nein. ‚Maske' war sein … nun, Deckname trifft es nicht richtig. Jedenfalls trägt er keine Maske mehr, aber ich habe Abu Bakar trotzdem erkannt. Obwohl auch das sicher nicht sein richtiger Name ist", sagte Alex.

„Nein, ist er nicht. In Wahrheit heißt er Mohammad Amir, geboren in Karatschi, als Sohn einer wohlhabenden Familie. Studierte in Rawalpindi Biochemie. Mit Auszeichnung. Verkehrte aber schon dort in extremistischen Kreisen. Die Amerikaner hatten ihn bereits auf dem Schirm, als er plötzlich verschwand. Am 12. Dezember 2015. Er war nach Amman geflogen, wie man im Nachhinein feststellte. Von dort schlug er sich bis Rakka durch und schloss sich dem IS an. Wurde als Scharfschütze ausgebildet. Im November 2018 tauchte er plötzlich wieder auf. Er flog mit einem falschen Pass von Beirut hierher. Die Gesichtserkennung am Flughafen hat ihn erfasst. Bis wir ihn finden konnten, war er allerdings schon auf dem Rückweg. In Beirut blieb er dann und fiel nicht weiter auf. Kein Kontakt zur Hisbollah oder ähnliches. Die Amerikaner nahmen ihn von der Liste. Wohl ein Fehler. Andererseits ist der Terrorismus eine größere Bedrohung als der Drogenhandel."

„Das sehen die Angehörigen derjenigen, die in der Schrottpresse landeten, wohl anders. Für die ist der IS weit weg. Aber wir sind ja nur kleine Inselkommissare und nicht für Weltpolitik zuständig", ätzte Angelos.

Ganz schön frech, dieser …, dachte Ahmed Kamil.

„Aber Sie können den Angehörigen ja jetzt sagen, dass der Täter gefasst wurde und einer gerechten Strafe entgegen sehen wird. Natürlich benötigen wir für das Verfahren noch Unterlagen und Beweismittel, aber das läuft über Europol."

„Hoffentlich geht nichts verloren, wäre nicht das erste Mal", stänkerte Angelos weiter.

„Angelos. Was machst du?", flüsterte Alex.

„Was wollen Sie damit sagen?" Auch Kamil wurde jetzt aggressiv.

„Ich finde es doch erstaunlich, wie viele Informationen Sie über einen Mann verfügen, über den wir fast nichts wissen oder wussten", sagte Angelos.

„Gute Polizeiarbeit", entgegnete Kamil.

„Natürlich. Wissen Sie: so viele Informationen hat man üblicherweise nur über die eigenen Leute. Hinzu kommt: woher wusste Bakar, dass ich hier bin?"

„Ich verbitte mir derartige Unterstellungen. Wir fördern keinen Terrorismus!"

In die folgende Stille platzte das Geklingel von Kamils Handy. Das Gespräch dauerte nicht lange, war aber lautstark.

„Lassen Sie mich raten: der Gefangenentransport wurde überfallen. Bakar konnte fliehen", sagte Angelos.

„Sie sprechen Arabisch?", fragte Kamil erstaunt.

„Nein. Aber ich habe ein Gehirn. Ich habe nur nicht damit gerechnet, dass es so schnell geht. Und bestimmt übersieht die Grenzpolizei auch noch die Ausreise. Also gut. Alex, wir fahren zum Flughafen!"

Gute Entscheidung, dachte Kamil.

„Auf Ihren Schutz verzichten wir lieber. Wer weiß ...", sagte Angelos beim Hinausgehen.

Als sie die Klinik verlassen hatten, knurrte Alex: „Sehr gut. Erst verhindere ich deine Ermordung und dann bringt uns dein Mundwerk in ein arabisches Gefängnis. Als Gäste des Emirs!"

„Soll ich mich etwa nicht aufregen? Der Täter ist schneller am Flughafen als das Opfer! Das passiert ja nicht einmal bei uns", antwortete Angelos gereizt.

10

Abu Bakar saß in der ersten Klasse des Emirates-Fluges 422 nach Athen. Das war knapp. Er hatte wieder gepatzt. Andererseits: wer konnte schon ahnen, dass ausgerechnet in dem Moment, in dem er aus dem Aufzug trat, die andere Schwuchtel auftaucht. Und mich auch noch erkennt, fluchte Bakar. Ich war mir zu sicher. Ein grober Fehler. Zum Glück hatte er in Dubai ein Heimspiel. Ein Netzwerk zeigt seine Stärke in der Dichte, sodass nichts von Relevanz nach außen dringt. Ein paar Herren in der höheren Polizei- und Geheimdiensthierarchie hatten immer pünktlich ihre Zuwendung bekommen. Geschäfte im Nahen Osten liefen nun über Dubai, nicht wie früher über Beirut. Denn im Gegensatz zur landläufigen Meinung schwimmen keineswegs alle Emiratis im Geld. Der öffentliche Dienst ist hier genauso unterbezahlt wie in Europa. Ein wahrer Katalysator für das Verbrechen und die Korruption. Bessere Bezahlung würde sich auszahlen, aber soweit denken die Politiker nicht. Hätte die Polizei meine technischen Möglichkeiten, sähe ich mehr als alt aus, dachte Abu Bakar.

Da die Chance auf Einsicht gegen null ging, brauche ich mir dennoch keine Sorgen zu machen.

Ich habe die zwei wieder unterschätzt und das darf mir gerade jetzt nicht mehr passieren. Denn bei seinem nächsten Projekt würden nicht nur Späne fliegen, sondern ganze Balken, garniert mit ein paar Leichen.

Mykonos

Vollkommen erledigt kamen Alex und Angelos in Mykonos an. Beiden war nicht nach Reden.

Daher schaltete Alex das Radio an.

„Das Wetter für Mykonos: die nächsten Tag Sonne satt und windstill. Bis 32 Grad. Nachts in der Chora noch 25 Grad. Das Seefahrtwetter:

Ruhig, 1 bt. Am Samstag Wind Südost Stärke 3n bft"

„Seit wann sendet Radio Sunshine einen Seefahrt-wetterbericht? Den Sender hören doch nur Party-people. Die sind viel zu vollgekifft oder betrunken, um Boot zu fahren. Und was interessiert einen Kapitän das Wetter am Samstag? Heute ist Montag. Die Welt wird irre", stellte Angelos fest.

„Ob das Schwein wohl schon wieder hier ist? Und was hat er auf Mykonos vor? Außer dich umzu-bringen", sagte Alex, als er und Angelos zuhause in der Küche saßen.

„Der Witz ist: ich habe diesen Kerl noch nie getroffen", antwortete Angelos.

„Du hast ihn noch nicht gesehen, aber gewaltig getroffen. Du hast ihn Millionen gekostet!"

„Oh, mein Semantik-König. Aber du hast verhin-dert, dass ich sanft in den Tod gleite.

Zum zweiten Mal. Dafür schreibe ich dir ein paar Punkte gut." Angelos grinste.

„Oh, da fällt mir bestimmt etwas zum Einlösen ein. Nur nicht jetzt. Ich bin vollkommen fertig", sagte Alex.

„Die Hitze und der Jahrhundertsprung. Zuviel für einen alten Mann. Schon klar", stichelte Angelos.

„Ich bin gerade Mal fünf Jahre älter als du. Und den nächsten Mörder lasse ich einfach durch", knurrte Alex.

„Das glaube ich nicht. Du würdest sonst deinen Traumprinz verlieren!"

Alex lächelte.

„Verlass dich nicht darauf!"

„Doch. Das tue ich. Und du hast mich noch nie enttäuscht, arkouda-mou", antwortete Angelos und küsste Alex auf die Stirn.

„Jetzt mal im Ernst. Rache als Grund haut nicht hin. Typen von dem Kaliber interessieren sich nur für Geld", sagte Alex.

„Ja. Du hast recht. Abu Bakar will mich aus dem Weg schaffen, weil er hier irgendetwas vorhat. Ein neues Drogennetz aufbauen. Oder sonst irgendeine Schweinerei. Nur was?"

„Es hat bestimmt mit Drogen zu tun. Das ist sein Fachgebiet. Das kann er."

Angelos nickte.

„Und wenn er da weitermacht, wo er aufgehört hat, bedeutet dies: hässlich zugerichtete Leichen!"

„Na, Hauptsache, du bist nicht darunter. Wer würde dann schönster Bürgermeister Griechenlands?"

Angelos verschränkte die Arme.

„Für deinen Spott solltest du umgehend bestraft werden."

Und bestraft wurde Alex. Oder verwöhnt. Beides liegt manchmal nah beieinander.

12

Nach einem nervigen Tag in seinem Bürgermeisterbüro kam Angelos nach Hause.

Alex wusste, dass es besser war, zunächst nicht zu fragen, wie der Tag gewesen sei. Angelos würde von allein reden.

Nach dem zweiten Espresso war er dann soweit.

„Weißt du, dass ich mich freue, wenn in 15 Monaten Schluss ist und ich wieder Privatier werde?"

„Ein Ex-Bürgermeister ist niemals Privatier", antwortete Alex lachend. „Aber ich werde glücklich sein, wenn du wieder zuhause bist. Obwohl: dir fällt bestimmt etwas Neues ein. Herrn Bürgermeister dürstet nach Action!"

Angelos lachte.

„Wie gut du mich kennst. Nach spätestens drei Monaten zuhause wird es in den Füßen kribbeln."

„Aber du bleibst bitte nicht in der Politik. Alles, nur nicht Athen", bat Alex mit flehender Stimme.

„Nach meinen Erfahrungen als Bürgermeister? Garantiert nicht. Ehrenwort. Und du weißt, dass du dich darauf verlassen kannst!"

Alex war erleichtert. Ehrenwort war Ehrenwort, da gab es bei Angelos keinen Zweifel.

„Ich könnte als Model arbeiten", sagte Angelos. Er hatte das „Model" noch nicht ausgesprochen, da fiel Alex die Tasse herunter. Angelos lachte.

„Du bist einfach süß. Ich bin zwar schön, aber mir reicht es, wenn *du* es sagst. Du kannst also auch das von deiner Horrorliste streichen!"

„Mir reicht schon dieses bescheuerte Shooting!"

„Ach stimmt. Hatte ich vergessen. Das Team kommt nächsten Mittwoch. Die zwei Tage vorher kein Sex, sonst sieht man bei dir die Ringe unter den Augen!"

Angelos lachte.

„Ich liebe dich auch", gab Alex zurück.

„Im Übrigen: sollten wir nicht ein paar Vorsichts-maßnahmen ergreifen wegen Abu Bakar? Er wird es noch einmal versuchen!"

„Ich werde mich nicht verstecken. Die einzige Maßnahme, die ich akzeptiere, bist du. Mit deiner

Glock. Reicht mir. Zur Not darfst du als zusätzliche Bewaffnung noch eine Toblerone mitnehmen!"

Noch lachten beide, aber das sollte sich schnell ändern.

Angelos´ Handy brummte.

„Himmel. Hat man hier überhaupt keine Ruhe?", beschwerte sich Alex.

„Als Bürgermeister? Nein. Als Kommissar auch nicht!"

Es war nicht Maria, die Leiterin der Stadtpolizei. Es war Christos, der Kommandant der Feuerwehr.

„Angelos? Es brennt in der Altstadt. Und zwar heftig. Du musst …"

„Schon unterwegs", unterbrach ihn Angelos.

13

Alex, fahr die Umgehung hoch. Ich muss die Brandstelle von oben sehen."
Unterhalb des Kreisverkehrs hielt Alex an und beide sprangen aus dem Auto.

Es hätte sich ihnen ein wundervolles Panorama geboten, wenn nicht am linken Rand des Bildes Feuer und Rauch zu sehen gewesen wären.

„Fabrika-Platz. Da kommt die Feuerwehr relativ gut hin", sagte Alex.

„Stimmt. Aber es ist nicht nur ein Haus. Mist", antwortete Angelos. Mit quietschenden Reifen fuhr Alex die Serpentinen hinunter. Unten auf der ehemaligen Hauptstraße war schon der Teufel los. Anwohner und Feuerwehr wuselten umher und natürlich Touristen, die alles filmten. Wozu? Um auf Instagram sagen zu können, sie wären dabei gewesen. Nur: wer sollte das anschauen? Sie standen überall im Weg und einige Feuerwehr-männer wurden rabiat, stießen die Gaffer weg. Angelos sah sich um, und erkannte an der ersten Biegung Nikos, den Feuerwehrkommandanten. Mit jedem Meter wurde es wärmer.

„Vier Häuser. Zwei davon schon verloren, aber …"

Das „Aber" war der Alptraum aller Bewohner der Chora: ein Feuer, das sich über die gesamte Altstadt ausbreitet. Die Gassen meist weniger als einen Meter breit. Keine Brandmauern und auch keine freien Flächen und Plätze, wo dem Feuer

die Nahrung entzogen werden könnte.
Gewöhnliche Feuerwehr-Fahrzeuge kommen nicht hinein, weil sie zu breit sind. Deswegen hatte Angelos auf Wunsch der Feuerwehr zumindest deutlich längere Schläuche anschaffen lassen, damit man auch die Gassen erreichen konnte, die nicht in der Nähe des Meeres lagen. Und es wurde ein modernes Fahrzeug angeschafft, als Ersatz für ein Feuerwehrauto aus dem Jahre 1956. Dieses hatte ein Feuerwehrmuseum in Manchester erstanden.

350.000 Euro hatte der Spaß gekostet. Die Gemeinde hätte sich dies nicht leisten können. Aber Angelos hatte die Hotels sanft unter Druck gesetzt. Brandschutz war in den Übernachtungs-betrieben meist ein Fremdwort und wenn ein ausländisches Filmteam sich dieses Themas „annimmt", würde dies ein schlechtes Licht auf die Insel werfen. Und so spendete der Hotelver-band, auch, um so eine Feuerwehrabgabe zu verhindern.

„Schlichte Erpressung", sagte der Vorsitzende des Hotelverbandes.

„Lebensrettung", entgegnete Angelos.

„Nötigung", sagte Alex lachend.

„Hier kommen wir mit dem Auto noch hin. Aber das Feuer breitet sich nach Norden aus, weil alle Häuser verbunden sind. Wenn es über die Gasse springt …", schrie Nikos gegen den Lärm an.

Das Knistern des Feuers, das Geschrei der Menschen und das Jaulen der Martinshörner.

„Ich brauche zwei Helme, Nikos!"

„Hier, hinter dem Baum, Angelos. Aber du gehst nirgendwo rein, verstanden?"

„Sind alle Bewohner draußen?"

„Keine Ahnung. Ich schicke meine Leute nicht in so ein Inferno!"

Er hatte recht. Mittlerweile brannte das dritte Haus. Und Hineingehen wäre Selbstmord. Hinter den winzigen und schmalen Eingängen wütete das Feuer.

Alex und Angelos betraten das enge Gassenviertel. Durch die Enge staute sich die unerträgliche Hitze. Immerhin konnten Winde das Feuer nicht auch noch anheizen, denn die Bauweise der Altstadt diente dem Schutz vor dem kühlen Nordwind. Wenigstens ein Vorteil dieses engen Gassengewirrs.

Angelos sah um die Ecke. Dicker Rauch füllte die Parallelgasse hinter dem Feuer.

„Der ganze Block ist verloren", sagte Angelos.

„Nikos. Stell das Löschen ein und komm mit deinen Leuten hinter den Block. Wir müssen die nächste Zeile abspritzen. Vielleicht können wir so das Feuer aufhalten!"

Aus dem Funk war etwas zu hören, was wie „Wer ist hier der Kommandant" klang, es folgte aber ein „Ok. Wir kommen!"

Alex und Angelos gingen weiter. Anwohner versuchten, ihr Hab und Gut zu retten.

„Alles stehen und liegenlassen. Sofort weg hier. Das Feuer kann durchzünden", schrie Angelos die Anwohner an. Sie zögerten zunächst, aber als das Krachen von herabstürzenden Dachbalken zu hören war, rannten sie in Richtung Norden davon, zur Uferpromenade.

„Maria? Wo bist du?", schrie Angelos in das Funkgerät.

„Südlich Fabrika. Wir sperren ab. Aber die Touristen sind so dämlich …"

„Maria! Alle zurück zur Promenade. Sie muss komplett geräumt werden. Stell die fünf Autos dem Ufer entlang auf. Schalt die Martinshörner an. Lass die Megafone pfeifen. Dann hauen die Leute von alleine ab. Aber mach beim Rathaus dicht, sonst rennen die über Kastro mitten ins Feuer. Sie müssen alle in Richtung Alter Hafen weg. Verstanden?"

„Verstanden, Angelos. Passt auf euch auf!"

„Angelos. Wir müssen die Häuser überprüfen, ob noch jemand drin ist", sagte Alex.

„Die sind doch bei dem Krawall schon längst raus", entgegnete Angelos, aber Alex war schon unterwegs und hämmerte gegen die Türen.

Und tatsächlich: am dritten Haus öffnete sich ein Fenster und eine alte Frau schaute heraus:

„Was soll der Lärm?"

„Alle Häuser um Sie herum stehen schon in Brand. Sie müssen sofort raus hier!", brüllte Alex.

„Im Nachthemd??", schrie die alte Frau.

„Zur Not auch nackt. Sofort raus oder ich komme hoch!"

„Unverschämter Kerl", sagte die Alte, erschien aber zehn Sekunden später in der Tür.

„Um Gottes Willen", schrie sie, als sie die Qualmwolken in der Gasse sah und wollte umkehren.

„Meine Fotos, meine Papiere …"

„Brauchen Sie nicht mehr, wenn Sie tot sind!"

Alex verlor die Nerven und zerrte die alte Frau in die Nebengasse.

„Na, um die wäre es nicht schade gewesen", sagte Angelos lachend.

„Schöner Bürgermeister", entgegnete Alex.

Just in dem Moment gab es eine ohrenbetäubende Explosion, gefolgt von einer Feuerwalze, die sich bis zum nächsten Block erstreckte. Dort fingen die Dachbalken an zu brennen, denn die Wucht der Explosion hatte die Ziegel fortgerissen. Dann war ein lautes Knirschen zu hören, leider hinter Alex und Angelos, die ihren Blick auf den neu betroffenen Block richteten.

Die Vorderfront des Hauses der alten Frau kollabierte und ein großes Mauerteil traf Alex an der Schulter und am Rücken.

„ALEX!", schrie Angelos.

Doch der hörte nichts mehr.

Neben Alex und Angelos brannte nun der ganze Block. Die Explosion hatte das Werk der Flammen beschleunigt. Es war unerträglich heiß, aber Angelos spürte es nicht.

Ich muss das Mauerteil von seinem Rücken herunterkriegen, dachte er. Aber es war niemand da, der ihm helfen konnte. Die Feuerwehr war schon einen Block weiter und der Lärm so groß, dass …

Ich muss es alleine schaffen. Und zwar vorsichtig, für den Fall, dass Alex Verletzungen am Rückgrat davongetragen hatte. Verflucht sei die alte Schachtel.

Das Teil kriege ich niemals herunter. Er funkte Nikos an.

„Angelos, was willst du? Wir sind beim dritten Block. Und ich habe …"

„Welche Funkfrequenz hat der Flughafen?"

"Äh. 76,4. Warum?"

Aber Angelos hatte bereits aufgelegt.

„Tower Mykonos"

„Hier Bürgermeister Nikakis. Funken Sie sofort Kostas an. Ich brauche einen Hubschrauber an den Fabrika-Platz!"

„Aber da brennt doch alles!"

„DAS WEISS ICH SELBST! Er soll sich was ausdenken. Alex ist schwer verletzt! Sagen Sie ihm das!"

Angelos versuchte, den Brocken anzuheben.

Gott ist das Ding schwer. Ein Holzstück als Hebel wäre … vergiss es. Alles verbrannt.

Es musste so gehen. Und schnell. Denn sonst würden sie beide an dem dichten Qualm ersticken. Angelos dachte daran, wie oft ihn Alex schon gerettet hatte, das letzte Mal war keine 48 Stunden her. Und wieviel ihm der Mensch bedeutete.

Er schaffte es und ließ das Mauerstück links von Alex auf den Boden knallen. Sofort tastete er die Halsschlagader ab. Und war erleichtert.

Puls. Sorgen bereiteten ihm aber die Verletzungen am Kopf und die Frage, was mit dem Rücken passiert war. Sicher hatten die Rippen die Lunge durchbohrt oder verletzt..

Er kniete sich hin und flüsterte Alex ins Ohr:

„Wir schaffen das. Kämpfen, arkoudaki-mou!"

Bei „arkoudaki" glaubte Angelos, ein kurzes Zucken wahrgenommen zu haben.

Bärchen lebte noch.

Angelos hörte das Knattern des Hubschraubers und war unendlich dankbar. Es schien, als warte Kostas immer am Flughafen auf irgendeinen Notruf.

Es war nicht Angelos´ erster.

Es blieb Kostas nichts anderes übrig, als auf der Hauptstraße neben dem Fabrika-Platz zu landen. Eine Herausforderung, denn Trümmer flogen umher und überhaupt war es für eine Landung im Grunde viel zu eng.

Aber Kostas war früher Kunstflieger. Für ihn ein Klacks.

Angelos kam angerannt und schrie nur ein Wort: „Bahre!", doch Kostas hatte die hintere Klappe schon geöffnet.

Noch bevor sich Angelos Gedanken machen konnte, wie er allein die Bahre tragen sollte, sprang André aus dem Hubschrauber. Kostas hatte den Chefarzt an der Klinik aufgenommen. Obwohl dort Dutzende von Menschen saßen, die eine Rauchvergiftung erlitten hatten. Aber die waren nicht schwer verletzt, so wie Alex.

„Gott bin ich froh, dich zu sehen", sagte Angelos. „Wer hätte das je gedacht. Wo ist er?"

„Hinter dem zweiten Block!"

Angelos und André rannten die 150 m zum Unglücksort. Als sie Alex erreichten, tastete André nach dem Puls und hörte die Lunge ab.

„Wie ein Luftballon mit Loch", stellte André fest.

„Wird er …?", fragte Angelos.

André lächelte.

„Seine Chancen stehen gut. Ich habe eine ECMO dabei!"

„Eine was?"

„Eine Mini-Herz-Lungen-Maschine*, Angelos. Gerade erst gekauft mit Geld vom schwarzen …, äh, von Spenden!"

„Heißt, ihm kann während des Fluges nach Athen nichts passieren?"

„Er hat keine starken äußeren Blutungen. Wenn ich bei den Zugängen keine Probleme habe, schaut es gut aus, Der Oxygenator hält ihn schon am Leben!" Die inneren Blutungen erwähnte André lieber nicht.

Als sie Alex in den Hubschrauber schoben, war Angelos sichtlich unsicher.

„Was mache ich denn jetzt? Ich sollte mitfliegen, aber …"

„Nein. Du bist der Bürgermeister. Die Menschen brauchen dich und wollen dich sehen. Ich passe schon auf ihn auf."

„Aber nicht zu viel aufpassen!", sagte Angelos lächelnd.

„Vollidiot!"

15

Angelos lief durch die zerstörten Gassen. Er sprach mit den Bewohnern, konnte sich aber hinterher nicht daran erinnern. Hoffentlich habe ich nicht zu viel versprochen, dachte er auf dem Weg zum Rathaus an der Uferpromenade. Der Gestank von kaltem Rauch hing in der Altstadt fest. Als er die Meerseite erreichte, atmete er tief ein. Und musste husten. Die letzten Stunden machten sich bemerkbar. Vor dem Rathaus standen Dutzende von Menschen. Verschreckt. Offensichtlich warteten sie auf ihn, auch wenn er ganz andere Sorgen hatte als ein niedergebranntes Haus. Das konnte man wiederaufbauen, einen Toten bekommt man nicht zurück.

Maria stand mitten in dem Gewusel.

„Bei dir alles in Ordnung?", fragte sie.

„Nein. Alex ist schwer verletzt und auf dem Weg nach Athen", antwortete Angelos.

„Oh scheiße. Und du sitzt hier fest!"

„Wäre ich nicht Bürgermeister, könnte ich jetzt bei ihm sein,"

„Die Menschen hier brauchen dich", sagte sie.

„Alex auch", meinte Angelos, hoffend, dass er nicht die falsche Entscheidung getroffen hatte.

„Ich hoffe, er nimmt es mir nicht übel", fügte er hinzu.

„Nie im Leben. Und du musst den Leuten etwas sagen."

Angelos seufzte. „Scheiß-Job. Vom Balkon?"

Maria nickte und sie gingen nach oben.

„Leute. Auch wenn viele Häuser abgebrannt oder beschädigt sind: es gibt keine Opfer und keine Schwerverletzte. Außer Alexandros. Er ist auf dem Flug nach Athen."

Stille. Jeder wusste, dass Alex Angelos´ Ehemann ist und jeder kannte ihn, schließlich war Alex jahrelang Kommissar auf Mykonos. Angelos hingegen war „Insel-Neuling", aus Thessaloniki, wo auch er als Kriminalkommissar tätig gewesen war.

„Meine Tochter ist weg", schrie ein Mann von hinten.

„Sie ist sicher zu Freunden gelaufen. Oder im Krankenhaus wegen Rauchvergiftung. Ich frage dort nach. In die Häuser kann momentan keiner zurück. Die Brandwache dauert bis mindestens morgen Abend."

Aufstöhnen.

„Ab übermorgen stehen am Fabrika-Platz Container. Und es kommen Bauarbeiter. Aber Sie müssen mithelfen, weil wir nur zwei kleine Bagger auf der Insel haben. Ich fordere zwar noch einige aus Naxos und Santorini an, aber wie viele ich bekomme, weiß ich noch nicht."

Angelos drehte sich zu Maria um und fragte: „Kannst du Nikolaidis anrufen wegen der Arbeiter und Container? Bitte?"

Sie nickte.

„Wer von Euch kommt nicht bei Freunden unter? Bitte Handzeichen!"

In der Menge erkannte Angelos Mitsotakis, den Vorsitzenden des Hotelverbandes. Wie günstig.

„Mitsotakis wird sich darum kümmern. Vielen Dank im Namen aller!"

Maria musste sich das Lachen verkneifen.

„Die können ruhig mal was für ihre Mitbewohner tun", knurrte Angelos und ging nach drinnen, in sein Amtszimmer.

02,45 Uhr. Alex müsste gerade gelandet sein.

16

4 Stunden vorher

Christidis saß im „Hellenic" und war nervös. Das ist der Nachteil, wenn man weiß, dass etwas passiert. Und in 15 Minuten soll es losgehen.

Im Gespräch mit Bakar hatte Christidis klarge-macht, dass es in seinem Hotel keine Opfer geben dürfe. Das wäre schlecht für seinen Ruf. Er würde seine Gäste unmittelbar nach Beginn der Aktion wecken und zum Fabrika-Platz schicken, nicht in die Altstadt.

Er ging vor das Hotel. Es herrschte Ruhe, denn die Gasse lag nicht auf dem normalen Laufweg der Touristen und es gab nach der Schließung des Clubs hinter dem Hotel auch keine torkelnden Jugendlichen mehr. Wieder stieg vor seinen Augen das Bild des neuen Hotelkomplexes auf. Die Menschen werden ihm dankbar sein, allerdings muss man sie mitunter zu ihrem Glück zwingen.

Es darf nur kein Massaker werden. Zuletzt bauen sie dann noch ein Denkmal auf dem Gelände. Und das Feuer sollte sich irgendwie eingrenzen lassen, denn die Insel lebte von der pittoresken Altstadt. Ansonsten ist hier ja nichts zu sehen. Gut, außer Delos. Es war nur das spezielle „Feeling", das Mykonos so interessant macht. Die Reichen, die Schönen – und im Gefolge Sex und Drogen. Nichts findet der Mensch anziehender, zumindest in jugendlichem Alter, bei manchen auch noch später.

Noch fünf Minuten.

Eine Tote würde es geben, aber das war ein Kollateralschaden, den niemand groß beachten wird. Die Menschen werden andere Sorgen haben. Und dann komme ich und rette sie, verhelfe ihnen sogar zu einem besseren Leben. Viele werden doppelt kassieren. Von der Versicherung, von ihm…

Oder dreifach, wenn die Gemeinde auch noch hilft. Eine Win-win-win-Situation.

Der Schmerz wird sich nach dem ersten Schock bald legen – und die Gier wird siegen.

Ohne jeden Zweifel. Gut, die Familie der Getöteten wird leiden. Aber das haben sie selbst zu verantworten, dachte er. Sie hätten es anders haben können. Und so das Leben Antonias retten können.

Noch zwei Minuten.

Christidis war tief beeindruckt von den organisatorischen Fähigkeiten Abu Bakars.

Seine Anweisungen waren klar und logisch. Er hatte tatsächlich alles bedacht. Das Eingreifen der Feuerwehr, den Zeitpunkt der Explosion und die Begrenzung des Feuers auf maximal drei Blocks. Und seine Mitarbeiter machten nicht den Eindruck, als hätten sie Skrupel. Aber garantiert hatten sie Angst. Nicht vor dem Feuer oder dem Mord. Sie hatten Angst vor ihrem Chef.

Und das garantiert zu Recht.

Auch ich habe Angst, gestand sich Christidis ein. Aber ich habe auch einen Traum. Und die „Maske" lässt ihn Realität werden.

Er ging wieder hinein.

Er wartete noch eine Minute.

Dann drückte er auf den Knopf für den Feueralarm. Und natürlich rief er die Feuerwehr an.

17

W illst du allein sein?", fragte Maria.
Angelos saß gedankenversunken in seinem Bürosessel.

„Ehrlich? Ich weiß es nicht. Ich weiß nicht, ob ich reden will. Ich weiß nur, dass ich nicht zuhause in einem leeren Haus sitzen kann!"

„Hör auf, dir Vorwürfe zu machen, denn genau das machst du!", sagte Maria entschieden.

„Glaubst du im Ernst, Alex macht dir Vorwürfe, dass du nicht mitgeflogen bist?"

„Ich kann es dir nicht sagen. Ich weiß nur, dass Alex in ähnlichen Situationen immer da war!"

„Er ist nicht der Bürgermeister. Und meines Wissens hat er ‚ja' zu deiner Bewerbung gesagt. Du konntest damals nicht anders!"

„Doch. Mir hätte alles andere egal sein müssen. Wann muss denn dein Mann da sein, wenn nicht in solchen Momenten?"

„Du machst dir Gedanken über etwas, was nicht passieren wird. Alex wird dich nie dafür verurteilen. Basta!"

Angelos lächelte schwach.

„Danke für deinen Versuch. Wann glaubst du kann ich anrufen?"

Maria stöhnte.

„Herrgott. André wird sich sofort bei dir melden, wenn er etwas weiß", sagte Maria.

„Ich bin so furchtbar müde. Aber wir müssen eine Presseerklärung rausschicken. Wir brauchen Spendengelder. Seit einer Stunde sitze ich vor der Tastatur und kriege keinen vernünftigen Satz zusammen."

„Ich mach das schon. Und du liest Korrektur."

„Danke. Für alles."

Kurz darauf fiel Angelos in den Schlaf.

Um 5.23 Uhr brummte Angelos´ Handy. Er hatte nicht wirklich geschlafen. Es war eine Tortur. Bilder des letzten Jahres. Das Feuer.

Der verletzte Alex.

„Angelos? André. Alex ist gerade aus dem OP gekommen. Das Loch im Blasebalg ist zu. Kein Schädeltrauma. Also alles soweit in Ordnung.

Er liegt auf Intensiv, aber nur zur Überwachung. Und nein, du kannst nicht zu ihm. Er schläft sowieso die nächsten zehn Stunden. Also kümmert sich der Herr Bürgermeister um seine Stadt. Verstanden?"

„Ich komme trotzdem. Lege mich vor die Türe."

„Hör zu. Ich bleibe hier und schicke Kostas mit dem Hubschrauber zurück. Wenn Alex aufwacht, rufe ich dich an und dann soll Kostas dich herfliegen."

„Gut. Aber du rufst mich auch sofort an?"

„Vollidiot. Natürlich."

„Andre? Danke!"

„Dank lieber meiner neuen Maschine. Die hat Alex wahrscheinlich gerettet. Und jetzt baut der Bürgermeister gefälligst die Stadt wieder auf!"

18

Gestern Nacht wurde ein Teil der Altstadt von Mykonos durch einen Großbrand zerstört. Nach jetzigem Stand wurden 24 Häuser ein Opfer der Flammen. Ein Übergreifen des Feuers auf die restliche Altstadt konnte mit Mühe vermieden werden. ,Es war aber knapp. Nur Dank unserer neuen Ausstattung gelang es uns, Schlimmeres zu verhindern', sagte Feuerwehr-kommandant Kyriakos. Die Feuerwehr Mykonos hatte erst vor wenigen Monaten ein modernes Fahrzeug sowie neue, längere Schläuche erhalten. Glücklicherweise gab es nur einen Schwerverletzten, der umgehend nach Athen ausgeflogen wurde. Ansonsten blieb es bei Rauchvergiftungen.

Der abgebrannte Teil der Stadt kann bisher noch nicht betreten werden, da die Brandwache noch anhält. Da mit auffrischendem Wind zu rechnen ist, soll die Brandwache noch verlängert werden.

Bürgermeister Angelos Nikakis erklärte, dass die Aufräumarbeiten erhebliche Zeit in Anspruch nehmen werden, da schweres Gerät durch die enge Bauweise nicht eingesetzt werden kann. Die obdachlosen Bewohner werden noch für längere Zeit bei Freunden oder in Hotels bleiben müssen. ‚Aber wir werden jedes Haus wiederaufbauen, hoffentlich noch schöner als vorher und die Gemeinde wird die Betroffenen nach Möglichkeit unterstützen. Da mit staatlicher Hilfe nicht zu rechnen sei, bittet er um Spenden all derjenigen, die Mykonos lieben, sagte Nikakis. Das entsprechende Konto finden Sie auf der Website der Gemeinde.

Laut Mitteilung der Verwaltung gingen in den ersten zwölf Stunden bereits eine halbe Millionen Euro ein.

„Das läuft doch super", sagte Maria.

„Mir wäre es lieber, ich hätte eine Nachricht von André und Alex", antwortete Angelos, dem es vor Müdigkeit fast die Füße wegzog.

Journalisten, Rundgang, Gespräch mit den Betroffenen – er hatte genug.

„Hätte besser bei meinem Vorgänger passieren sollen", knurrte er.

„Dann wäre die ganze Stadt abgebrannt, weil die Feuerwehr keinen Euro von ihm bekam. Die Leute sind dir sehr dankbar", meinte Maria.

„Die Leute interessieren mich einen Dreck",
fluchte Angelos. Ich bin nur noch ein Automat,
dachte er. Und ohne Strom geht dem bald der
Saft aus.

Der Automat wurde wieder zum Menschen,
als André aus Athen anrief.
„Er ist wach und es geht ihm gut. Noch
Schmerzen beim Atmen, aber das legt sich bald."
Dann kam die bange Frage.
„Ist er sauer, weil ich nicht mitgeflogen bin? Ich
weiß, es war ein Fehler", sagte Angelos.
Er hörte nur ein Schnauben.
„Du solltest deinen Mann besser kennen. Er weiß,
dass du keine Wahl hattest. Und jetzt ruf Kostas an
und komm hierher. Dann kann ich nämlich endlich
nach Hause und etwas schlafen. Und übrigens:
Kompliment. Alle sind voll des Lobes", antwortete
André.
Angelos ignorierte den letzten Satz und sagte nur:
„Bin schon fast da."

Nur knapp eine Stunde später stand er in Alex´
Krankenzimmer.

„Na, Großbrandmeister. Alles im Griff?", fragte ein erstaunlich fitter Alex.

„Bist du unter Drogen?"

Angelos war erleichtert und lächelte.

„Rutsch rüber", sagte er. Nicht so einfach wegen der ganzen Kabel und Schläuche.

„Verzeih, dass ich nicht mitgeflogen bin. Es war ein Fehler", sagte er.

„Agapi-mou, es war die richtige Entscheidung. André hatte alles im Griff", antwortete Alex.

„Das glaube ich sofort", knurrte Angelos.

„Herrje. Er hat mich am Leben gehalten. Sonst nichts!"

„So geht das jedenfalls nicht weiter", sagte Angelos und Alex schaute verdutzt.

„Normalerweise passt du auf mich auf. Jetzt war es umgekehrt und das war mehr als grausam!", flüsterte Angelos.

„Dann weißt du, was ich immer durchgemacht habe!"

„Ja. S´agapo, Alex!" Ich liebe dich.

„Und ich bin hundemüde", und schon war Angelos eingeschlafen.

Die Pflegerinnen schauten, als würde ein Känguru im Zimmer sitzen. Ihr Lungenpatient lag im Bett, aber nicht allein.

Angelos schlief tief und fest auf Alex´ Brust.

„Äh, mein Ehemann", flüsterte Alex.

„Ist er auch krank?"

„Nein. Er ist nur müde. Wir bräuchten nur zwei Mal Frühstück."

„Ist aber ein Hübscher", sagte die eine.

„Meiner", lautete Alex´ Antwort.

Angelos brummte lediglich.

„Machst du Espresso?", fragte er.

Alex lachte.

„Wir sind nicht zuhause", meinte er.

Angelos öffnete die Augen und verstand erst langsam.

„Wie geht es dir, arkoudaki-mou?"

„Gut. Du hast zwölf Stunden geschlafen!"

Angelos schrak hoch.

„Herrje. Die werden mich schon suchen", sagte Angelos.

„Entspann´ dich. Jeder weiß, wo du bist und findet das auch in Ordnung. Herr Bürgermeister braucht eine Pause!"

„Als ob ich dafür Zeit hätte. Zumindest bin ich jetzt beruhigter!"

Angelos hatte kaum ausgesprochen, da brummte sein Handy auf dem Nachtkästchen.

Alex lachte, wenn auch unter Schmerzen.

„Ich glaube es nicht", knurrte Angelos.

Es war Maria.

„Sorry, Angelos. Ich hätte nicht angerufen, wenn wir nicht ein echtes Problem hätten."

„Und das wäre?", fragte ein gleichgültiger Angelos.

„Wir haben eine Leiche gefunden!"

Die Nachricht erschütterte Angelos nicht.

„So ganz überraschend ist das nicht. War schließlich ein Großbrand!"

„Na ja. Aber die Tote war offensichtlich gefesselt", sagte Maria.

„Shit. Bin unterwegs!"

„Alex, .."

„Du must weg. Ist doch klar. Viel Glück!"

21

Maria holt einen fluchenden Angelos vom Flughafen ab.

„Wie kann man bei 25 Minuten Flug 90 Minuten Verspätung haben?"

„Volotea hat in Athen nur eine Maschine. Und die flog heute früh schon mit einer Stunde Verspätung hier los. Aber die Leiche rennt uns ja nicht davon!"

Es lief das Radio.

„… schöner Strandtag. Temperatur 24 Grad in Panormos. 31 Grad in der Chora.

Seewetterbericht. 1 bt, Süd, am Montag 4 bft Nordost!"

„Diese Idioten regen mich auf. Wen interessiert der Wind vom Montag?"

Maria sagte nichts.

Sie parkte am Fabrika-Platz und ging mit Angelos zum Tatort.

Angelos hatte immer noch seine Zweifel. Bei einer verkohlten Leiche ohne Obduktion auf Mord zu tippen, war schon sehr gewagt.

Er hob die Flatterleine hoch, die um den Trümmer-berg herum gespannt war. Zusammen mit Maria stieg er über die Reste des kleinen Hauses. Auf einem Mauerrest saß ein Mann. Es war der alte Mann, der am Abend des Brandes vor dem Rathaus „Meine Tochter ist verschwunden" gerufen hatte.

„Ich habe mich geirrt. Es tut mir sehr leid", sagte Angelos, doch der Mann war apathisch und zeigte keinerlei Reaktion.

„Antonia Metaxas", sagte Maria, auf die bizarre, verkohlte Gestalt, die in einer Trümmerecke lag. Selbst Leichen in der Schrottpresse sind nicht annähernd so schwer zu ertragen wie Verbrannte. Die Hoffnung ist immer, dass sie an einer Rauch-vergiftung gestorben waren und nicht bei lebendigem Leib geröstet wurden.

„Sie war noch am Leben. Aber sag es dem Vater nicht", sagte Angelos zu Maria.

„Wie kommst du darauf?"

„Ahnung. Aber ich bin sicher, die Obduktion wird es zeigen. Gut schauen wir uns die Arme an!"

Eine Brandleiche kann man nur mit größter Sorgfalt berühren, sonst zerfällt sie zu Staub. Zudem ist der Mensch nicht mehr zu erkennen. Der Körper besteht zu 90% aus Wasser, das aber komplett verdampft. Erwachsene schrumpfen so auf Kindergröße.

Dennoch: eine Obduktion macht Sinn, denn oft sind noch Lungen- und Magenreste vorhanden. Auch Schussverletzungen können noch entdeckt werden.

„Alex! Ich brauche Handschuhe!"

„Ähem", sagte Maria.

„Herrje. Ich glaube, ich habe auch zu viel Rauch abbekommen. Signomi, Maria. Hast du …?"

„Ja. In dem Koffer hier."

Angelos zog die Handschuhe an und drehte den Leichnam vorsichtig auf die Seite.

„Schau, rund um die Handgelenke ist die Farbe viel heller", sagte Maria. „Das können nur Fesseln gewesen sein, weil auch die Einschnitte so tief sind!"

„Nein, Maria. Das können genauso gut dünne Metallkettchen oder Armbänder sein, die sich in die Arme gebrannt haben. Gerade Armbänder bestehen oft aus Kunstfasern und die wirken wie

Brandeisen. Und Frauen tragen oft Bänder an den Handgelenken. Du trägst ja auch zwei", erklärte Angelos.

Maria schaute betreten.

„Nun schau nicht so. Das heißt nicht, dass es keine Fesseln gab. Es kann sein, dann wäre ein Mordverdacht gerechtfertigt. So aber könnte es auch ein normaler Feuertod sein. Wir brauchen eine Bahre und ein Laken, sonst fallen uns die Leute reihenweise in Ohnmacht!"

„Ich brauche wohl noch etwas, bis ich eine anständige Ermittlerin werde", sagte Maria niedergeschlagen.

Angelos legte den Arm um sie.

„Deine wievielte Brandleiche ist das?"

„Na meine erste."

„Siehst du. Nach der dritten weißt du auch mehr. Das liegt nicht an mangelnder Fähigkeit, sondern schlicht an der Erfahrung. Obwohl man auf viel Erfahrung mit Verbrannten auch verzichten kann. Also lass uns Antonia in die Klinik bringen!"

„Willst du André nicht vorwarnen?", fragte Maria.

„Das verschiebt den Schreck nur um zehn Minuten. Kotzen muss er ohnehin!"

22

Christidis stand vor dem Schutt, der einmal sein Hotel war. Und musste an sich halten, um nicht zu jubeln.

Abu Bakar hatte vortreffliche Arbeit abgeliefert. Gut, der Brand fraß sich einen Block weiter als gedacht, aber das eröffnete sogar ganz neue Möglichkeiten. Er hätte auch Gebrauch für einen zusätzlichen Block. Den könnte man unterirdisch mit dem anderen verbinden. Christidis schwebte ein Gang mit gläsernem Dach vor. Das würde die Optik nicht stören und wäre eine zusätzliche Attraktion. Perfekt. Gäste, vor allem seine Klientel, mögen es nicht, wenn sie in einem „Annex" untergebracht werden, aber durch den Gang würden sie praktisch im selben Gebäude bleiben. Bei Christidis klingelte schon die Registrierkasse im Gehirn.

Natürlich hatte er sich nach Ausbruch des Brandes wie geplant verhalten. Überrascht, beunruhigt, aber nicht panisch. In Gesprächen mit den Anwohnern zeigte er sich als einer der ihren – ein Betroffener wie sie. Unter keinen Umständen auffallen. Das Schönste dabei war: die Abbruch-arbeiten waren erledigt und die Gemeinde würde auch noch die Trümmer beseitigen. Was bedeu-tete, dass er relativ schnell mit dem Bau beginnen könnte. Natürlich hatte Christidis seinem Nachbar

Metaxas kondoliert. „Schrecklich, wenn man ein Kind verliert", hatte Christidis gesagt.

In den Tagen zuvor hatte er einige wertvolle Stücke aus dem „Hellenic" fortgeschafft, denn er wusste ja von der anstehenden Katastrophe. Damit niemand misstrauisch wird, ließ er ein großes Schild in der Straße aufstellen: Renovierungsarbeiten. Und so dachte sich auch nach dem Brand niemand etwas. „Glück gehabt", sagte ein Nachbar.

So etwas wie Glück gibt es nicht, dachte Christidis, man muss dem Schicksal schlicht zuvorkommen. Kurzum: alles war nach Plan gelaufen. Nach einer gewissen Schockphase würde er mit dem Aufkauf beginnen, denn er wusste: den meisten fehlt das Geld für den Wiederaufbau und die wenigsten waren versichert. Er selbst hatte den Versicherungsschutz schon vor zwei Monaten verdoppeln lassen. In weiser Voraussicht. Auch wenn er zu diesem Zeitpunkt noch nicht die Bekanntschaft Abu Bakars gemacht hatte. Er hatte nicht nur zwei Fliegen, sondern einen ganzen Schwarm mit
einer Klappe erledigt.

Es gab im Grunde genommen nur eine Person, die seinen Ambitionen im Wege stand. Bürgermeister Nikakis. Der selbsternannte Beschützer der Normalbürger.

Und erklärter Gegner der Hotellerie. Ein Idiot, der keinen Blick für die wirtschaftlichen Potentiale der

Insel hat. Obwohl. Falsch. Er weiß darum, lehnt die Nutzung aber bewusst ab. Und bestechen kann man ihn nicht. Jeder auf der Insel weiß, dass er vor einem Jahr im Casino abgeräumt hat. Bei seinem ersten und letzten Besuch. Er war wegen einer Mordermittlung in der Spielbank und hatte nur dreißig Minuten gespielt und eine hohe Summe gewonnen.

Aber der Brand hatte noch einen weiteren positiven Effekt: Nikakis´ Ehemann war schwer verletzt worden und seitdem wirkt der Bürgermeister wie weggetreten.

Die Bahn war also frei.

Carpe diem.

Nutze den Tag!

23

Mou leipis", sagte Angelos am Ende eines 45-Minuten-Telefonats mit Alex, der noch immer im Krankenhaus in Athen lag.

Ich vermisse dich.

„Noch drei Tage. Dann kann ich nach Hause", sagte er. „Ich könnte schon morgen, mir geht es gut!"

„Nichts da. Wenn der Doktor sagt, …"

Alex lachte laut.

„Als ob du dich daranhalten würdest. Du bist der einzige Transplantationspatient der Welt, der sich nach fünf Tagen aus der Klinik verabschiedet hat!"

„Hmm." Was bedeutete: Du hast Recht!

„Aber ich hole dich ab. Und wenn die ganze Insel abbrennt!"

Angelos fühlte sich unwohl, so ganz allein in ihrem Haus in Ornos. Bisher war es umgekehrt und erst jetzt begriff er, welche Qualen Alex hier mitunter ausstehen musste. Aber er war dankbar dafür, dass es so glimpflich abgelaufen war. Also stell dich nicht so an, sagte Angelos zu sich selbst.

Er hatte Recht behalten. Oberarzt André Silva, gebürtiger Portugiese und Chefarzt der Klinik, übergab sich so lange, bis sich außer einem winzigen Rest Magensäure nichts mehr in seinen Eingeweiden befand.

„Ist das dein Dank dafür, dass ich Alex am Leben gehalten habe?", ätzte André.

„Also bitte. Bin ich verantwortlich für Leichen? Ich könnte auch darauf verzichten, glaub mir", gab Angelos zurück.

„Was soll ich denn da obduzieren?", fragte André, der in Sachen Pathologie nur gezwungenermaßen tätig war. Es gab schlicht keine andere Möglichkeit vor Ort.

Man hätte die Leichen nach Athen schaffen müssen. Und das per Helikopter, weil die Fähren keine Kühlräume haben. Die Leichen würden auf der fünfstündigen Fahrt im Schiffsbauch regelrecht gegrillt.

„Lunge und Magen", sagte Angelos kurz angebunden. „Und die Handgelenke nach Fesselspuren. Ich brauche eine Gewebeprobe der Stelle. Irgendwelche Faserspuren …"

Angelos und Maria wollten gehen, da drehte sich Angelos um und sagte:

„Und danke für deinen Noteinsatz!"

„Rutsch mir den Buckel runter!"

Angelos fühlte sich im Schlafzimmer verloren. Er packte die Decke und ging hinunter. Die Nacht verbrachte er auf der Couch.

24

Und das war auch gut so. Denn so hörte er das Brummen des Handys, das in der Küche lag.

3 Uhr 43.

Zum Teufel. Wann hat man denn hier seine Ruhe, dachte Angelos und fauchte ins Mobiltelefon

„Was ist?"

„Signomi, Angelos. Maria. Es hast eine Schießerei gegeben. Wir haben zwei Notrufe bekommen!"

„Und wo?"

Stille.

„Äh, in Merchias", sagte Maria.

Das darf nicht wahr sein, dachte Angelos.

Da bin ich schneller in Istanbul als im gott-
verlassenen Nordosten der Insel.

„Wir brauchen mindestens eine Stunde bis dorthin.
Herrgott. Wir treffen uns dort. Ruf die Leute noch-
mal an, ob sie Verletzte sehen können. Wenn ja,
Krankenwagen!"

Der nichts nützen würde, denn eine Stunde Fahrt
überlebt kein Schwerverletzter.

„Und wenn das ein Fake ist, mache ich denen die
Hölle heiß!"

Fluchend zog er sich an.

25

M erchias und Foko liegen für Chora-
Bewohner in Sibirien, im rauen Nordosten
von Mykonos. Vom Tourismus fast
vollkommen unberührt. Kleine Strände, an denen
man in der Nebensaison auch mal allein ist.
Vollkommen allein. Nur ein Restaurant. Und vor
allem: Für Mykonos-Verhältnisse ist es dort richtig
kühl, denn der kalte Nordwind trifft ungebremst
die kleinen Dörfchen. Und dann diese Anfahrt! Erst
nach Ano Mera und dann auf einer Holperstrecke
durch ein Niemandsland. Hier ein Unfall und man
findet mich erst in 20 Jahren, dachte Angelos.

Wehe, es ist nur eine Kneipenschlägerei oder ein prügelndes Ehepaar.

Als Angelos endlich eintraf, verflüchtigten sich seine Bedenken. Maria war schon da und hatte – Gott sei Dank – einen Strahler mitgebracht. Gibt es hier wirklich Strom? dachte er. Ja – er war auch Bürgermeister dieser Käffer, aber erst einmal hier gewesen.

Und? Wie oft kommt Putin nach Irkutsk?

Im begrenzten Licht der Halogenlampe sah er zwei Laken am Strand, darunter wohl zwei Leichen. Der Krankenwagen war daher überflüssig, außer für den folgenden Leichentransport.

„Das mit den Verletzten hat sich wohl erledigt", knurrte Angelos.

„Tja. Die Anwohner haben sich nicht herausgetraut. Wegen der Schüsse!"

Kann man ihnen nicht verdenken.

„Weißt du schon etwas über die Opfer?"

„Nein. DNA-Proben habe ich schon genommen", sagte Maria.

„Braves Mädchen", antwortete Angelos.

Ihn fröstelte. Der Wind hatte mindestens Stärke 5 und man konnte durch den aufgewirbelten Sand fast nichts sehen. Die Laken hielten nur, weil schwere Steine auf ihnen lagen.

„Wer hat zuerst angerufen?"

„Der Restaurantbesitzer. Er schläft auch in dem Haus!"

„Hat er auch einen Namen?"

„Georgiadis", antwortete Maria.

Das Restaurant lag gut hundert Meter hinter dem Ufer. Angelos quälte sich durch den böigen Wind, der aus allen Richtungen zu kommen schien.

Zumindest dauert die Verwesung hier länger, dachte er.

Georgiadis wartete schon in einem Trainingsanzug an der Tür – und grinste.

„Der Herr Bürgermeister hier? Welch seltener Gast!"

„Bei dem Wind kein Wunder", brummte Angelos genervt. „Also?"

„Viel habe ich nicht gesehen, denn es war wirklich stockdunkel. Neumond. Ich habe nur Schüsse gehört, drei oder vier. Vorher Geschrei, aber verstehen konnte ich nichts.

Danach Motorengeräusch von einem Auto, das aber weiter hinten geparkt war. Zu weit weg, um ein Kennzeichen sehen zu können."

Hätte auch nichts gebracht, wäre ohnehin gefälscht. Sonst könnte man ja auch gleich eine Visitenkarte in den Mund des Opfers stecken, dachte Angelos.

„Das ist ja nicht gerade üppig!"

„Tja. Wenn wir hier Lampen hätten …", sagte Georgiadis.

Hier braucht man keine Lampen. Die Ödnis auch noch beleuchten? - dachte Angelos aber nur und beschloss, Georgiadis zu ignorieren.

„Uhrzeit?"

„3.05 Uhr!"

„Das ist mal eine konkrete Angabe. Radiowecker?"

„Ja. Aber mir ist noch etwas aufgefallen. Es lag ein Boot ziemlich nahe am Ufer. Das ist dann aber nach ein paar Minuten wieder nach Nordwesten davongefahren!"

Angelos kämpfte sich wieder in Richtung Strand. Maria hatte sich ins Auto geflüchtet.

„Brrr. Maria, lass die Leichen in die Klinik schaffen. Zwei Kopfschüsse. Saubere Arbeit.

Und wir brauchen die Kameraaufnahmen von der Kreuzung in Ano Mera, Richtung Foko.

Und zwar ab etwa 3.20 Uhr. Eine Viertelstunde braucht man bestimmt. Aber es sollte mich wundern, wenn der Fahrer keine Scream-Maske aufhat. Geh nach Hause. Wir treffen uns um zehn im Büro", sagte Angelos und ging zu seinem Wagen.

26

S ehe ich gut genug aus für eine Beerdigung?",
fragte Angelos. Die Leiche von Antonia
Metaxas war mittlerweile freigegeben und ihr
Vater wollte es wohl bald hinter sich bringen.

Maria schüttelte mit dem Kopf.

„Das ist eindeutig zu leger. Das Schwarz ist ja in
Ordnung, aber ein Slim Fit T-Shirt ist doch etwas
gewagt, auch wenn es deine Brust und Oberarme
richtig zur Geltung bringt", sagte Maria lachend.

„Neidisch?"

„Auf wen? Dich oder Alex?"

Angelos grinste.

„Indiskrete Frage. Hast du jemals mit einer
Frau…?"

Angelos schüttelte es am ganzen Körper.

„Sex mit einer Frau? Gehört verboten. Igitt!"

Maria bog sich vor Lachen.

„Aber Alex schon. Schließlich war er verheiratet,
also mit einer Frau", stellte sie fest.

„Eben. Er sagt immer, jeder Hetero-Mann wird
nach der Ehe mit einer Frau zwangsläufig schwul",
antwortete Angelos.

„Frauenfeindlich!"

„Nö. Tatsache!"

„Gott sei Dank kennen deine weiblichen Wähler
nicht alle diese Sprüche. Obwohl: deine Rede vor
dem Gay-Men´s-Club letztes Jahr hat doch einige
verärgert!"

Mit Schrecken erinnerte sich Angelos an die Tage nach seiner launigen Rede. Zuvor hatten er und Alex einen Joint geraucht und dementsprechend locker war Herr Bürgermeister. Das Publikum war verzückt, manch humorlose Frauen jedoch weniger.

„Oh je. Die nächste Rede steht doch auch an, oder?", fragte Angelos.

„In zwei Wochen. Und dieses Mal bitte so, dass nicht wieder ein wütender Brief der ‚Selbsthilfegruppe Klimakterium' kommt", antwortete Maria.

„Stimmt. Diese Horde nicht mehr menstruierender Weiber hat mich doch damals tatsächlich als Anti-Feminist beschimpft. Unverschämtheit. Und ich gehe in dem T-Shirt zur Beerdigung. Basta. Soll ich mir vielleicht einen schwarzen Sack überstülpen?" Maria lachte.

„Das ist zwar eine Beerdigung und kein Foto-Shooting. Aber bitte. Wir wissen ja alle, wie eitel du bist!"

„Und das vollkommen zu Recht!", lautete Angelos´ Antwort.

„Wie oft muss Alex dich eigentlich täglich lobpreisen?"

„Er muss es nicht, es ist ihm ein Bedürfnis!"

„Angeber!"

Da brummte Angelos´ Handy. Es war André.

„Gefesselt war sie nicht. Aber ermordet wurde Antonia trotzdem. Ein Schuss mitten ins Herz, wenn ich richtig liege. Natürlich verzieht es das

Einschussloch durch die Hitze. Aber die unterste Rippe ist leicht angeritzt und das Knochengerüst bleibt im Prinzip unverändert. Zufrieden, Herr Kommissar?"

Die Anrede „Kommissar" gefiel Angelos viel besser als „Herr Bürgermeister". Ersteres war seine Leidenschaft, letzteres eher ein lästiger Zufall. Die ursprüngliche Vereinbarung, dass Angelos und Alex als Ex-Kommissare die Kapitalverbrechen – gegen Honorar - lösen und man damit Geld für eine oder zwei Ermittlerstellen einspart, war hinfällig geworden, nachdem Angelos Bürgermeister wurde. Nun war er beides. Maria wurde Leiterin der übrigen Polizei, die sich um den „Kleinkram" kümmert. Sonst hätten die Herren Räte auch keine Frau auf den Posten gesetzt, dachte Angelos. Dabei war Maria wirklich fähig und um längen besser als sein Mitarbeiter in Thessaloniki, wo Angelos zuvor als Kommissar arbeitete – bis er Alex heiratete und nach Mykonos zog.

Ihr fehlt lediglich Erfahrung. Die bekam sie jetzt, da Alex außer Gefecht war.

Und das galt auch für André. Mehr Leichen. Mehr Erfahrung.

„Danke, André, und Kompliment. Ich ernenne dich hiermit zum Chefpathologen", witzelte Angelos.

„Spott?"

„Überhaupt nicht. Wenn du es jetzt noch schaffst, nicht bei jeder Leiche in Ohnmacht zu fallen – perfekt!"
„Doofkopf!"

27

Beerdigungen. Bis zu seiner Wahl als Bürgermeister war Angelos auf keiner einzigen Beerdigung. Nicht bei der seines Vaters, den er hasste, aber auch nicht bei Menschen, die ihm etwas bedeuteten. Es war keine Gleichgültigkeit, sondern: Angelos war nicht der eitle und coole Typ, für den ihn viele hielten. Er hatte sich diese Fassade zugelegt, aus Gründen des Selbstschutzes. Bei Alex hingegen konnte er sich gehen lassen. Der kannte auch die Schicksalsschläge, die Angelos fast umgebracht hatten, besonders die Vergewaltigung.

Aber als Bürgermeister blieb ihm nichts anderes übrig, zumindest bei Opfern von Gewalttaten oder bei Kindern. Das waren die zwei Ausnahmen. Geistig schaltete er ab.

Nein, falsch. Er ging gedanklich zurück zu dem Tag, an dem er Alex kennengelernt hatte. Und ließ alles nochmal Revue passieren. Bei der ersten Beerdigung musste er lachen, was ihm einige böse Blicke eingebracht hatte.

Als er das Geräusch von prasselnder Erde hörte, brach er die Gedächtnisreise ab.

Nachdem das Gedöns endlich vorbei war, hörte er eine Stimme:

„Liebe Trauergemeinde. Ich darf alle, die hier um Antonia trauern, zu einem kleinen Umtrunk in mein Hotel nach Kalafati einladen. An der Straße warten zwei Busse!"

Es war Christidis, der Besitzer des „Hellenic", das ebenfalls abgebrannt war.

Angelos wunderte sich. Er konnte Christidis noch nie leiden. Schleimiger Hotelier. Andererseits: eine nette Geste. Ich muss ja nicht hin, dachte Angelos.

Wäre er mal besser mitgefahren. Dann hätte er mitbekommen, was der Sinn hinter der ach so noblen Geste war.

Operation „Majestic" ging in die zweite Runde. Doch Angelos hatte ganz andere Probleme. Antonia war ermordet worden, was er den Angehörigen noch nicht mitgeteilt hatte. Zwei Leichen in Merchias. Ein abgebranntes

Stadtviertel. Und dann noch: Alex, den er nach Hause bringen musste – oder besser: durfte.
Ich brauche dringend Hilfe, dachte Angelos.

28

Abu Bakar kochte. Er saß auf seiner Yacht und ließ die Nacht Revue passieren. Am meisten ärgerte ihn, dass es tatsächlich jemand gewagt hatte, seinen Drogentransport zu überfallen. Ein grober Mangel an Respekt.
Und unsäglich dämlich. Hatten diese Idioten geglaubt, dass man ihnen die Päckchen widerstandslos übergibt? Hatten sie nicht gewusst, wie er vor zwei Jahren mit Verrätern verfahren ist? Kaum vorstellbar, denn damals zitterte die ganze Insel.
Diese dämlichen Idioten hatten alles verloren. Ihr Leben und die Ware. Was ihn zusätzlich ärgerte, war, dass seine Leute zwei Fehler begangen hatten. Erstens ließen sie die Leichen liegen und zweitens fehlten drei Pakete Kokain. Was bedeutete, dass Angelos Nikakis nicht viel Vorstellungskraft benötigen würde, um zu erkennen, was passiert war und wer dahintersteckt. Doch zu einfach sollte er es nicht haben. Abu Bakars Mitarbeiter hatten keine Linien an den

Fingerkuppen, und sie durften niemals bei einem richtigen Zahnarzt gewesen sein. Fingerabdrücke und Zahnschemata liefen daher ins Leere.

Daher hatte er die Yacht weiter ins offene Meer gesteuert. Einen Angriff könnte er zwar mühelos zurückschlagen, aber: eine Seeschlacht war nicht in seinem Interesse. Einzelne Strafaktionen waren etwas anderes.

Abu Bakar wusste, wer hinter der nächtlichen Attacke steckte. Nicht die zwei Idioten vom Strand, sondern der, der im Auto flüchten konnte. Er musste nur schneller sein als Angelos. Aber da machte er sich wenig Sorgen. Denn der hatte mit den Nachwehen des Brandes genug zu tun. Außerdem war Herr Bürgermeister eindeutig geschwächt, weil ihm sein Alter Ego fehlte. Abu Bakar schmunzelte.

Dass die Mauer genau auf Alex fiel, war ein erfreulicher Zufall. An Allah glaubte er schon lange nicht mehr.

Ansonsten war das zweite Projekt gut angelaufen, hieß: der Brand war ein voller Erfolg. Bald könnten sie mit dem Aufkauf beginnen. Christidis hoffte, dass er beim Leichenschmaus den ein oder anderen würde überzeugen können.

Sollte es nicht auf diesem Wege funktionieren, so werde ich eingreifen, und den widerspenstigen Eigentümern den eigenen Leichenschmaus in Aussicht stellen.

Als letztes Mittel bleibt immer die Familie. Die eigene Tochter in einem Schredder? Der Gedanke lässt jeden Vater erstarren.

Dennoch blieb das Problem Nikakis. Denn ein Großhotel im Zentrum, wenn auch hinter historischer Fassade – das will Nikakis bestimmt nicht. Es gilt also auch dieses Problem zu lösen. Aber alles der Reihe nach.

Zuerst musste der Verräter, der Verantwortliche für letzte Nacht, zur Rechenschaft gezogen werden. Er hatte schon eine Idee, die ihm gefiel.

Abu Bakar wollte wieder ein Zeichen aussenden: Niemand soll es jemals wieder wagen, ihm in die Quere zu kommen.

Er dachte an eine Methode, die aus seiner Heimat stammte. Und in früheren Jahrhunderten zum Standardprogramm gehörte. Dann würde der Verräter sehen, was er für einen fatalen Fehler begangen hatte.

Obwohl: sehen würde er nichts mehr.

In Kalafati bemühte sich zeitgleich Christidis mit der dem Ereignis angemessenen Zurückhaltung, die ersten Grundstücksverkäufe dingfest zu machen.

Er begann mit den leichten Fällen, also denjenigen, die kein Geld für einen Wiederaufbau und auch keine Versicherung hatten.

Und er war erstaunt: die ersten vier Eigentümer waren regelrecht froh, ihren Schutthaufen loszuwerden.

„Ich wollte ohnehin wegziehen!"

„Ich würde den Rummel nicht länger ertragen!"

„Ich wollte schon immer ein Haus im Hinterland mit Parkplatz!"

Diese Erklärungen hatte Christidis erwartet. Semantische Verkleidung für die Gier. Und die Summen, die er den Eigentümern bot, waren großzügig. Christidis wollte jeden Aufruhr vermeiden. Gerüchte, er würde die Lage der Hausbesitzer ausnützen, könnten sehr schädlich sein. Dann lieber das Bild des Wohltäters. Innerlich grinste er, wenn ein armer Schlucker ihm erklärte, dass er im Andenken an seine Großmutter das Grundstück nicht verkaufen könne. Sobald Christidis die Höhe des Gebots nannte, war die Großmutter vergessen. Zum Schießen.

Seine gute Laune verflog, als er Kostas Negrepontis leise bat, ihm in sein Büro zu folgen.

„Haben Sie vor nichts Respekt? Ihr Hoteliers kennt wirklich keine Scham. Glauben Sie nicht, ich wüsste nichts von Ihren Erweiterungsplänen!"
Gar nichts weißt du.
„Zwei, drei Häuser dazu und das ‚Hellenic' wird zur Goldgrube", fauchte Negropontis.
Christidis hätte gerne losgebrüllt. Kleingeister.
Deswegen bringt ihr es auch zu nichts, dachte er.
„Glauben Sie im Ernst, ich müsste mir einen Klotz ans Bein binden, wenn ich hier ein luxuriöses Hotel besitze? In unserem Viertel in der Chora gibt es keinen einzigen Parkplatz!"
Aber den würden seine Gäste nicht brauchen, denn für die wäre ein Limousinenservice viel attraktiver. Christidis dachte dabei an einige Phaetons. Sein eigener war wahrer Luxus und Balsam für seine nach Anerkennung flehende Seele.
„Überlegen Sie es sich. Einer meiner Mitarbeiter wird Sie nächste Woche aufsuchen", sagte er freundlich.
„Überflüssig", raunzte Negropontis und rauschte aus dem Zimmer.
Christidis lächelte nur.
Das wirst du noch bereuen. Denn mein Mitarbeiter hat ungewöhnliche Hobbies: Hände abhacken oder das Zuschauen bei entspannenden Säurebädern.

30

Als Angelos von der Beerdigung zurückkam, wartete Maria schon mit Zetteln in der Hand.

Sein Gesicht war finster.

„Nicht noch mehr Hiobsbotschaften, bitte!"

„Ich bin nur der Überbringer, Schöner!"

„Wurden trotzdem mitunter geköpft!"

„Morgen kommen zwei Brandermittler vom Versicherungsverband", sagte Maria.

„Bitte keine Weiber", stöhnte Angelos.

„Glück gehabt. Die Herren kommen um zehn. Das Problem wird nur sein, dass Alex um zehn entlassen wird."

„Dann können mich die Versicherungsfritzen mal."

Alex. Die erste gute Nachricht seit Tagen.

„Wir brauchen diese Fritzen. Eigene Sachverständige haben wir nicht. Die müssten wir …"

Angelos hob die Hand, hier: verstanden.

„Dann weiter mit deinen Zetteln!"

„Äh. André hat angerufen. Bei den Leichen von Merchias findet er nichts. An den Fingerkuppen wurde die Haut verätzt. Aber er vermutet, es sind Ausländer. Syrer oder sowas. Sie haben Amalgam-Füllungen."

„Na das konnte man auch so sehen. Und auf der Kamera…?"

„… war nur eine Micky Maus-Maske!"

„Keine Scream? Mal was anderes! Aber verätzte Fingerkuppen, zwei Tote per Kopfschuss und Kokain am Strand. Was sagt uns das?"

„Wenn es keine rhetorische Frage war: die Maske", meinte Maria vorsichtig.

„Er trägt keine Maske mehr. Wenigstens weiß ich seit Dubai, wie er jetzt aussieht. Nur wird er nicht so blöd sein, sich auf der Insel aufzuhalten. Er sitzt auf irgendeiner Yacht da draußen!"

Angelos deutete zum Fenster hinaus.

„Wenn du nicht zu sehr genervt bist: mir ist noch etwas aufgefallen", sagte Maria vorsichtig.

„Bitte entschuldige. Ich stehe neben mir. Sonst kann es mir nicht genug Action sein, aber …
Ich habe das Gefühl, als hätte man mir den Stecker herausgezogen", antwortete Angelos.

„Also, was ist dir aufgefallen? Und setz dich bitte endlich hin!"

Maria blickte auf einen ihrer Zettel.

„Vielleicht ist es ja vollkommen falsch, aber: der erste Notruf kam von Christidis, und zwar um 0,29 Uhr. Der nächste kam um 0.38 Uhr. Das finde ich zumindest ungewöhnlich. Dass es nach dem ersten Anruf neun Minuten dauert bis zum nächsten. Brennt sonst irgendwo ein Haus, kommen die Notrufe hintereinander oder gleichzeitig. Hier im Zentrum erst recht."

Angelos sah sich Marias Zettel an.

„Sollte der Gemeinderat deine Beförderung ablehnen, drohe ich mit Rücktritt. Du hast vollkommen recht. Und seitdem sich Antonias Tod als Mord herausgestellt hat, glaube ich ohnehin an vorsätzliche Brandstiftung. Ein Mord und zeitgleich ein normaler Brand? Garantiert nicht. Aber warten müssen wir auf das Ergebnis der Brandermittler!"

Maria sage nichts. Angelos war in seiner Deduktionsphase.

„Was ist die Basis jeder Mordermittlung, Maria?"

„Die Frage nach Motiv, Gelegenheit und Werkzeug!"

„Mittel – nicht Werkzeug. Aber sonst richtig. Die Gelegenheit: der Brand. Das Mittel: die Pistole, die wir vielleicht noch finden. Und dann das Motiv. Cui bono? Wer profitiert?",

sagte Angelos.

„Christidis. Er könnte das ,Hellenic' erweitern", vermutete Maria.

Es dauerte, bis Angelos antwortete.

„Nein, Maria. Think big. Christidis ist ein Snob. Eine Erweiterung des ,Hellenic' entspricht nicht seinem Niveau. Er will immer das größte und beste! Außerdem hätte er sonst das ,Hellenic' stehen lassen. Nein. Er wollte alles zerstören, den ganzen Block, um etwas komplett Neues zu bauen!"

„Aber man darf dort nicht Neues bauen", warf Maria ein.

„So sollte es sein. Ist es aber nicht. Du baust ,alte Fassaden' auf und dahinter ist alles Neubau. Und ich kann nichts dagegen tun. Vor allem dann, wenn die Altbauten …"

„… einem Brand zum Opfer gefallen sind. Heiße Sanierung", antwortete Maria auf Angelos´ Feststellung, denn es war keine Theorie mehr.

„Und wenn die Gemeinde die Grundstücke aufkauft? Dann wären Christidis´ Pläne durchkreuzt!"

„Maria! Mit den Preisen, die Christidis zahlt, könnten wir gar nicht mithalten. Zumindest weiß ich jetzt, warum dieser Schleimbeutel die Trauergäste alle zu einem Umtrunk eingeladen hat. Um sie einzeln in den Beichtstuhl zu führen. Wäre ich nur mitgegangen! Ich hatte sogar kurz gedacht, dass das doch eine nette Geste sei. Von wegen. Maria, merk dir eines: ‚Cui bono' führt auf dieser Insel oft zu einem Hotelier."

„Wen könnte ich fragen, was bei dem Umtrunk passiert ist, ohne dass es Christidis erfährt?", fragte Angelos.

„Negropontis. Bei dem ist Christidis schon einmal abgeblitzt."

„Gut. Dann spreche ich mal mit ihm. Und du tust morgen Folgendes: bevor du ins Büro kommst, gehst du am Fabrika-Platz vorbei und befestigst diesen Magnetsender an seinem Auto."

Angelos zog ein winziges schwarzes Kästchen aus der Schublade.

„Am Besten in den Radkasten", sagte er.

„Nur den kleinen Knopf hier drücken!"

„Und wenn mich jemand sieht?", wand Maria ein. „Du tust so, als würdest du dir die Schnürsenkel binden. Und außerdem ist am Fabrika-Platz momentan die Hölle los. Die Bagger, die Touristen, die Busse!"

„Und woran erkenne ich seinen Wagen?"

„Es ist garantiert der einzige Phaeton, der dort herumsteht!"

„Aber das ist illegal", sagte Maria.

„Und wie. Nächste Lehrstunde. Das Ergebnis rechtfertigt fast alle Mittel, wenn die Gefahr besteht, dass ein Täter davonkommt. Zumindest halten wir das so. Gefängnis hilft im Falle Abu Bakars nicht. Da ist der Ruckzuck draußen. Einen Gefängniswärter bestechen, dessen Kinder entführen und ihnen die Hände abhacken. Alles in seinem Programm. Und auch Alex und ich könnten nicht sicher leben. Nein. Im Übrigen sind das EYP*-Geräte. Findet er den Sender und macht Rabatz, deutet nichts auf uns hin. Oder er bleibt ruhig, und bekommt Angst. Auch in Ordnung."

„Du möchtest also dem Richter …", begann Maria. Angelos´ Kopf wurde tomatenrot.

„Nein. Die Krawallschwuchtel kann mich mal." Maria grinste.

Der neue Richter hatte Angelos unverhohlen angebaggert und damit zur größten Ehekrise zwischen Angelos und Alex beigetragen.

„Ich gehe jetzt zu Negropontis. Morgen früh hole ich dann Alex ab."

„Kommst du dann am Nachmittag?", fragte Maria breit grinsend.

„Garantiert nicht, weil …"

„Ich will es gar nicht wissen!"

Angelos verließ das Rathaus, das am westlichen Ende der Promenade lag und mischte sich unter eine der zahlreichen Kreuzfahrt-Passagiere, die die Altstadt von Mykonos täglich heimsuchen. Ein Billig-Souvenir kaufen und einen Espresso trinken – mehr Geld geben sie hier nicht aus, dachte Angelos. Auf den Schiffen gibt es ja alles umsonst. All-inclusive. Den besuchten Inseln bringen die Kreuzfahrtschiffe nur Lärm, Gedränge und Abfall. Ein Grund, warum manche Stammgäste Mykonos nicht mehr besuchen. Die Gefahr, von einer Horde Chinesen niedergetrampelt zu werden, ist groß. Die hatten die Angewohnheit, nie auszuweichen. Von den Tischmanieren ganz zu schweigen. Mit Freude dachte er an die Sitzung mit den Hoteliers, die von verwüsteten Restauranttischen berichteten. Natürlich kam man zu keinem Ergebnis. Angelos´ Vorschlag, die Zahl der Schiffe zu begrenzen, rief helle Empörung hervor. Dennoch setzte Angelos sich im Gemeinderat durch. Acht pro Woche. Eine deutliche Entlastung. Im letzten Jahr gab es im August in einer Woche zweiundzwanzig. Ein Horror.

Heute jedoch war er froh über den endlosen Pulk, in dem er abtauchen konnte. Er wollte nur zu

Negropontis, ohne an jeder Ecke angesprochen zu werden.

Nach zehn Minuten erreichte er das abgebrannte Viertel. Noch immer lag der kalte Rauch in der Luft, denn hier ging kein Lüftchen. Die Mini-Gässchen ließen keinen Wind herein.

Aber: überall wurde fleißig gearbeitet. Insgesamt sechs kleine Bagger hatte Angelos organisieren können. Und die hatten ganze Arbeit geleistet. Zwei Gassen waren schon trümmerfrei. Die verbliebenen Hausgerippe waren allerdings deprimierend anzusehen. Deren Abriss stand als nächstes auf dem Plan, aber dafür mussten zuerst die Gassen geräumt sein.

Die gespendeten Gelder machten es möglich, dass alles zügig von statten gehen konnte.

Drei Bauunternehmer sollten zeitgleich die drei Blocks wiederaufbauen. Dass Angelos eine türkische Firma beauftragte, hatte zunächst für Aufregung gesorgt. Und Angelos war regelrecht ausgeflippt. „Die Firma hat am neuen Flughafen in Istanbul gebaut. Sie sind Zeitdruck gewöhnt. Und seit wann spielt bei Bauarbeitern der Pass eine Rolle?" Am Liebsten hätte er noch hinzugefügt, dass in anderen Städten allein die Genehmigungen Monate gedauert hätten. Und ohne Schmiergelder nichts gelaufen wäre. Sicher. Es würde Ärger mit Athen geben, aber das war Bürgermeister Angelos Nikakis egal.

Kleingeister. In dem Punkt waren Angelos und Christidis sich einig. Aber die Menschen sind so, nichts kann man dagegen tun. Er nahm sich fest vor, die türkischen Bauarbeiter zum Richtfest alle einzuladen. Lernen durch Begegnung.

Er erreichte das Haus von Negropontis. Oder die kümmerlichen Überreste. Trotz aller Hilfsmaßnahmen blieb der schmerzliche Verlust der eigenen vier Wände und der persönlichen Gegenstände. Fotos und die dazugehörigen Erinnerungen – alles perdu.
Dennoch sah Negropontis nicht deprimiert aus. Geschäftig und voller Tatendrang.
„Hallo, Herr Bürgermeister! Danke für die schnelle Hilfe! In zwei Wochen fangen die Bulgaren an, das Haus wiederaufzubauen. Dass die Gemeinde die Vorfinanzierung übernommen hat, ist wirklich großartig. Auf das Geld der Versicherung …"
„ … warten wir noch Monate!", ergänzte Angelos.
„Aber ich bin wegen etwas anderes hier. Sie waren doch bei diesem Treffen im Hotel …"
„ …von diesem Riesenarschloch Christidis. Ja, leider", sagte Negropontis. „Er hat die Gäste der Reihe nach ins Gebet genommen und sie zum Verkauf der Grundstücke überreden wollen. Mit viel Geld. Und unverblümten Drohungen!"
„Er will das ‚Hellenic' beträchtlich erweitern", antwortete Angelos.

„Nein. Für eine Erweiterung bräuchte er nur ein paar Häuser. Er will aber alle", widersprach Negropontis.

„Alle? Hat er mit jedem gesprochen, der abgebrannt ist?", fragte Angelos sichtlich erstaunt.

„Aber ja doch. Und nach meiner Ablehnung hat er mir regelrecht gedroht!"

„Er will also etwas ganz anderes. Er will einen ganzen Hotelkomplex. Die Häuser verbinden. Eis Riesenhotel in altem Gewand, mitten in der Stadt. Eine Goldgrube!"

„So ist es. Er will alle Bewohner loswerden. Leider haben sich manche darauf eingelassen. Na ja, manche brauchen das Geld. Oder wollen mehr Ruhe. Es ist ja kein Vergnügen, hier zu wohnen. Jeden Einkauf musst du vom Parkplatz herschleppen. Das ist ein guter Kilometer, wenn man überhaupt einen Platz findet", sagte Negropontis.

„Tja, daran kann man nichts ändern. Ich kann ja keine Tiefgarage bauen lassen. Der Denkmalschutz würde mir ins Gesicht springen. Und es müsste dauernd das Wasser abgepumpt werden", wand Angelos ein.

„Wenn Christidis einen solchen Plan verfolgt, dann ist ihm der Brand aber sehr gelegen gekommen!"

„Unser schlauer Bürgermeister! Sie sind schon auf dem richtigen Weg!"

Das war Angelos. Denn es kam ihm ein Verdacht, wer beteiligt sein könnte.

„Aber wie passt der Mord an Antonia dazu?"

„Sie wurde ermordet?", fragte Negropontis erstaunt. Angelos nickte.

Mist. Ich habe mich verplaudert, dachte Angelos. Aber egal. Der Buschfunk würde es ohnehin verbreiten.

„Ja, eine Kugel ins Herz. Leider hat sie noch gelebt, als …"

Negropontis schlug die Hände vor dem Gesicht zusammen. Und bekam gleichzeitig ein vor Zorn gerötetes Gesicht.

„Dieses Schwein. Ich habe jahrelang meinen Mund gehalten, aber jetzt ist Schluss. Christidis und Antonia waren ein Paar. Wenn man das so nennen kann, wenn ein 43-jähriger mit einer 15-jährigen zusammen ist!"

„Wie bitte?" Angelos konnte es nicht glauben.

„Sie war unsterblich in ihn verliebt. Klar. Ihr gefiel sein Reichtum, sie bekam Geschenke. Sie dachte, er würde sie heiraten!"

Negropontis lachte.

„Was er aber nicht tat", ergänzte Angelos.

„Natürlich nicht. Nach einem Jahr ließ er sie fallen. Das Kind wäre fast draufgegangen vor lauter Kummer. Die Eltern haben nicht viel mitbekommen, beide berufstätig. Und das Liebespaar war sehr diskret!"

„Klar. Wäre ja Verführung Minderjähriger", sagte Angelos nickend.

„Das war es doch. Die Kleine hatte ja von nichts eine Ahnung. Wie auch mit 15. Ich habe es gesehen, wie sie sich jedes Mal ins Hotel geschlichen hat. Ekelhaft. Aber hätte ich etwas sagen sollen? Eines muss man ja feststellen: Gezwungen hat er Antonia nicht und sie hat ihn wirklich geliebt. Ich habe sie einmal angesprochen und sie hat mich angefleht, nicht ihr Leben zu zerstören, wie sie meinte. Jetzt ist sie tot. Es war wohl die falsche Entscheidung!"

„Nein. Eine 15-jährige weiß heutzutage mehr als sie wahrscheinlich sollte. Die wissen, was sie tun!", sagte Angelos.

„Das sagen Sie, weil Sie schwul sind, das ist ja auch ok. Aber ich finde habe auch eine Tochter und …"

„Auch wenn es ein Junge gewesen wäre, hätte ich das Gleiche gesagt. Ein 15-jähriger weiß genau, was er tut. Entscheidend ist, ob er es freiwillig tut."

„Und wo ist die Grenze, Herr Bürgermeister?"

„Es gibt keine feste Grenze. Es hängt immer vom Einzelfall ab. Ist der oder die Jugendliche, sagen wir mal ‚reif', ist es für mich ok. Unter vierzehn sehe aber auch ich ein Problem. Aber lassen Sie uns zurückgehen zu Antonia."

„Ich hatte anfangs Angst, sie tut sich etwas an.

Dann aber verwandelte sich die Liebe in Hass. Sie hasste Christidis so sehr …"

„…dass er das Haus ihrer Eltern nie bekommen hätte", ergänzte Angelos.

„Sie sagte einmal zu mir: Und wenn das Haus in Trümmern liegt, ich bleibe hier. Selbst in einem Zelt. Hauptsache, ‚der' bekommt das Haus nicht!"

„Tja, Trümmer haben wir jetzt und Antonia liegt im Grab. Aber mir ist jetzt vieles klarer, Danke!"

„Gern geschehen. Sorgen Sie für Gerechtigkeit. Ich zähle auf Sie", sagte Negropontis zum Abschied.

„Worauf Sie sich verlassen können!"

31

A m Abend war Angelos froh, Alex´ Stimme zu hören.

„Gott, bin ich froh, dass du morgen entlassen wirst. Mir wächst alles über den Kopf. Ich hätte nie gedacht, dass es mir dermaßen die Füße wegzieht, wenn du nicht da bist. Das Schlimme: es bedeutet, dass ich abhängig von dir bin!"

Alex lachte.

„Von mir weißt du es vom ersten Tag an. Und ich habe es immer wieder gesagt. Ich kann nicht ohne dich. Was ist schlimm daran, wenn es bei dir das Gleiche ist? Das bringt uns auf dieselbe Stufe!"

„Wir sind schon auf derselben Stufe. Wir lieben uns beide gegenseitig. Ich bin nur überrascht von mir. Die Situation kenne ich nicht. Wäre Maria nicht gewesen, hätte ich vieles übersehen."

„Du willst jetzt aber nicht Maria heiraten?", scherzte Alex.

„Wie sollte ich Sex mit ihr haben?", fragte Angelos lachend.

„Apropos Sex, agapi-mou! Meine Hoden sind so schwer und dick wie Pfirsiche. Sobald ich über die Türschwelle getreten bin, will ich sofort Sex. Verstanden?"

„Jawoll, mein Herr und Gebieter", antwortete ein lachender Angelos. „Ich kümmere mich persönlich um deine Pfirsiche!"

Am nächsten Mittag hatte Angelos gerade seine Pflicht getan. Nein, falsch, er war noch dabei, als das Handy brummte.

„Zum Kuckuck, wie soll man sich da konzentrieren? Ich schmeiß alles hin. Basta!"

„Beruhige dich, ein Coitus interruptus bringt uns nicht um. Interrupti wäre schlimmer."

„Du hast leicht reden. Du hattest deinen Spaß, nur ich sitze jetzt... Ach, vergiss es!"

„Ich hole es später nach, versprochen. Und die Handys legen wir ins Auto", beruhigte Alex seinen frustrierten Ehemann.

„Und jetzt ruf zurück. Es war Maria", sagte Alex auf das Display schauend.

32

Als Maria das Gespräch annahm, war zunächst nur ein Geräusch zu hören, das auf ausschweifenden Sex hindeutete. Bis Angelos begriff, dass sich Maria übergab – und dies bis zum letzten Tropfen, war ihm klar, dass sich etwas Schlimmes ereignet haben musste. Als hätte er nicht schon genug Probleme.

„Puh. Entschuldige, Angelos. Ich habe so etwas noch nie gesehen."

„Was denn, zum Kuckuck?"

„Ich dachte immer, Sex entspannt?"

„Nicht, wenn man unterbrochen wird, bevor man fertig ist", knurrte Angelos und fuhr fort:

„Deine Beförderung ist hiermit gestorben.

Stille.

„War nur Spaß. Was ist nun wo passiert?"

„Radio Sunshine oberh …"

„Ich weiß, wo das Studio ist. Ich fahr drei Mal am Tag vorbei. Weiter!"

„Ein DJ ist ermordet worden. Kehle durchge-schnitten."

„Und deswegen übergibst du dich? Hatten wir doch schon!"

„Das ist nicht alles. Ihm wurden die Augen ausgestochen!"

mmerhin waren sie jetzt wieder zu dritt.
Alex sollte zuhause am Screen die Bewegungen von Christidis nachverfolgen.

Angelos stand im Studio und starrte auf die Leiche, die in einer riesigen Blutlache lag.

„Welcher Idiot ist da hineingetappt?"

Schuhabdrücke in der Pfütze und dann bis nach draußen.

„Aber ich musste doch schauen, ob er noch lebt?"

Angelos schaute das Mädchen entgeistert an.

Das ist zweifellos das dümmste Wesen der Welt.

„Sie glauben, jemand überlebt eine aufgeschlitzte Kehle und fünf Liter Blutverlust?"

„Fünf Liter? So viel? Dachte immer, es seien zwei!"

„Das mag bei Ihnen so sein, weil das Gehirn kein Blut führt", knurrte Angelos.

„Im Gehirn ist kein Blut?"

„Darf ich sie erschießen?", fragte Angelos Maria, die es fast zerriss vor Lachen.

„Wer ist das?"

„Marc van Dyke. Holländer."

"Sein richtiger Name oder ein DJ-Nick?", fragte Angelos.

„Richtiger Name. War in der letzten Saison schon DJ. Ab Ende August. Kam dieses Jahr wieder und ist seit Mai hier. Wohnt in einem Zimmer in Ano Mera", sagte Maria.

„Auffälligkeiten?"

„Nicht bei uns. Kleinere Drogendelikte in Holland!"

Angelos seufzte. Der Zustand der Leiche machte eines klar: es war ein unglaublich grausames Verbrechen. Im Drogenmilieu nicht ungewöhnlich. Aber wie passt ein Radiomoderator in dieses Szenario? Sicher, DJs, VJs und wie diese neuen Berufe alle heißen mögen, sind fleißige Konsumenten. Die aber werden selten Opfer. Zu unbedeutend. Außer sie reden zu viel, was sie aber nicht tun, aus Furcht vor den Bossen, aber auch, weil dann die regelmäßige Versorgung nicht gewährleistet werden kann.

Angelos kniete sich hin und besah die Leiche genauer.

„Also: die Augen wurden ihm ausgestochen, als er noch lebte", sagte Angelos.

Hinter sich hörte er ein Würgen. Offensichtlich hatte sich Maria die Szene bildlich vorgestellt.

„Er konnte also nichts mehr sehen?", fragte die dumme Gans, die noch immer in der Türe stand.

„Doch", sagte Angelos. „Mit den Ohren."

„Und es kam niemand herein, bis Sie ihn gefunden haben?"

„Nein. Als ich um neun gekommen bin, lief die Sendung schon und man konnte seine Stimme hören. Dann bin ich in mein Büro. Als ich kurz vor zwölf merkte, dass nichts mehr aus dem Studio zu hören war, ging ich hinauf und fand ihn."

„Das hier ist das einzige Studio?", fragte Maria.

Einen Radiosender kann man heutzutage von zuhause betreiben. Besonders dann, wenn es sich um Internet-Radio handelt. Computer, Mikrofon und CDs – das war alles. Radio Sunshine strahlte aber auch per Antenne aus. Denn es sind meist junge Touristen, die den Sender am Strand oder im Auto hören, weil der Internet-Empfang an den Beaches, die meist hinter Felsen liegen, nicht immer optimal ist.

„Was mache ich denn jetzt?", fragte das Mädchen.

„Es wird doch einen Ersatz geben?", fragte Angelos.

„Eigentlich schon. Aber Ricardo ist seit drei Tagen nicht aufgetaucht. Marc war stinksauer deswegen, denn er musste seine Schicht übernehmen."

„Und der komplette Name?"

„Marc van Dyke. Das sagte ich doch schon!" Angelos platzte fast.

„RICARDOS VOLLER NAME!"

„Keine Ahnung!"

„Sie sind doch die Bürokraft. Sie müssen doch Verträge haben. Oder Sozialversicherungsnummern!"

„Keine Ahnung! Ich kümmere mich nur um die Werbung und schreibe dann die Rechnungen!" Und vögelst mit allem, was im Raum ist oder hereinkommt, dachte Angelos. Dumm f**** gut.

„Wieso haben Sie nicht gemeldet, dass er vermisst wird?"

„Weil das nicht ungewöhnlich ist. DJs wechseln ständig. Sie gehen abends in einen Club und arbeiten am nächsten Tag dort. Oder sie feiern Party und wachen erst nach zwei Tagen aus ihrem Drogenkoma auf!"

Das war der erste Satz, der Sinn machte.

„Ok. Sie fahren mit Maria dann in die Klinik", sagte Angelos.

„Aber ich bin doch nicht krank!"

„Darüber lässt sich streiten. Nein, Sie sollen sich zwei Leichen anschauen. Ich bin sicher, einer davon ist Ricardo!"

Angelos drehte sich zu Maria um und verdrehte die Augen.

„Sagen Sie, gesehen habe Sie Marc aber heute nicht, oder?"

„Doch, hier liegt er doch", sagte der weibliche Einzeller.

„Maria! Hilfe! Mach du weiter. Ich gehe raus!" Erschöpft verließ Angelos das Haus, in dem der Sender untergebracht war.

„Nein. Aber ich habe ihn gehört."

„Gut. Im Moment läuft aber eine Aufzeichnung. Er kann es ja nicht sein."

Maria deutete auf die Leiche.

„Klar. Es laufen öfters Zwei-Stunden-CDs. Die Jungs brauchen ja mal ´ne Pause. Das sind dann CDs ohne Nachrichten und Wetter. Die Hörer sollen ja nicht merken, dass es nicht live ist!"

„Es kann also sein, dass Marc schon tot war, als Sie kamen. Und dass es nur eine Aufzeichnung war!"
Im Hirn des Mädchens, oder was immer sich da im Kopf befand, brodelte es.

„Wow. Und ich dachte immer, Bullen sind doof! Ja, könnte sein!"

„Und die Türe ist immer offen?"

„Ja. Zumindest solange es hell ist. Erst bei Dunkelheit schließen wir ab. Geht nicht anders. Es ist so heiß hier oben auf dem Berg, dass wir die Tür offenstehen lassen. Wer soll hier schon reingehen?"

„Vielleicht der Mörder?", fragte Maria.
Es dauerte gefühlt eine Ewigkeit, bis das Mädchen leuchtende Augen bekam.

„Der Mörder kam vor mir!"

„Schlaues Mädchen. Gut, wir fahren jetzt in die Klinik. Aber sperren Sie erst alle Türen. Die Leiche holen wir gleich! Ich gehe schon mal raus!"
Maria ging nach draußen und lachte schallend.

„Ich entschuldige mich für meine Geschlechtsgenossin. Wir sind nicht alle so!"

„Es gibt auch dumme Männer", sagte ein noch immer von dem geistigen Tiefflug erschütterter Angelos.

„Hoffentlich bekommt die keine Kinder. Können wir sie in der Klinik nicht zwangssterilisieren lassen? Die Welt wäre uns dankbar!"

34

Abu Bakar blickte hinaus aufs Meer. Seine Yacht lag 90 Seemeilen südlich von Mykonos, nur knapp außerhalb der vielbefahrenen Seestraße zwischen Athen und dem offenen Mittelmeer. Trotzdem wäre er bei 30 Knoten in weniger als zwei Stunden in Mykonos, sollte es nötig werden.

Die Beseitigung des Problems Radio Sunshine war ganz nach seinem Geschmack. Abu Bakar zeigte keinerlei Regung, als er Marc van Dyke die Augen ausgestochen hatte. Im Gegenteil. Er lachte, als der schwer verletzte Mann sich am Boden wälzte. Er hätte es sich noch länger ansehen können, aber die Gefahr von ungebetenem Besuch war zu groß. So erlöste er den Holländer und schnitt ihm die Kehle durch.

Abu Bakar konnte nichts mehr schrecken. Er hatte in Rakka ALLES gesehen. Natürlich zeichneten seine Leute das Szenario auf. Verräter würde es nicht mehr geben.

Was ihm aber gar nicht gefiel, war der unange-meldete Besuch von Christidis. Nur in Notfällen sollte der Kontakt aufnehmen und eine solche Notlage sah die Maske nicht.

Dass es zu Schwierigkeiten beim Grundstücksauf-kauf kommen würde, war doch klar. Dazu brauchte es keinen Besuch, der immer die Gefahr der Entdeckung barg.

Andererseits steht und fällt das Hotelprojekt mit Christidis und ich ertrinke in Schwarzgeld, das dringend gewaschen werden muss.

Gut. Soll er kommen. Und er kommt garantiert mit einer Liste widerspenstiger Eigentümer, die ich „behandeln" soll. Auch gut.

Der Hubschrauber setzte zur Landung an. Christidis war so schlau, jedes Mal einen anderen Hubschrauber samt Piloten zu mieten.

„Wir bekommen Ärger. War das bei ‚Sunshine' denn notwendig?"

Christidis merkte sofort, dass er zu weit gegangen war. Abu Bakars Blick sprach Bände. Christidis dachte an das Haifischvideo.

„Wobei ich mich natürlich nicht in Ihre Geschäfte einmischen möchte. Entschuldigen Sie!"

Abu Bakar erwiderte nichts und deutete nur auf den Sessel.

„Was ist das Problem?", fragte er.

„Einige Eigentümer. Aber das wussten wir. Das Problem ist einer. Negropontis. Nicht nur, dass er fast ausgeflippt ist, als ich ihm das Angebot unterbreitet habe. Er hat auch mit Nikakis gesprochen!"

Abu Bakar spürte einen Stich. Angelos Nikakis. Zwei Mal habe ich bei ihm versagt. Was ich ihm übelnehme. Und mir. Er wird weiterbohren. Das Ausstechen der Augen war ein Fehler. Er weiß, dass nur ich es gewesen sein kann.

Es wird also einen dritten Versuch geben müssen. Aber es muss sorgfältig von statten gehen. Und keine Extravaganzen mehr. Ein sauberer Schuss. Oder Gift.

„Es kommt noch schlimmer. Er hat mich gefragt, warum mein Notruf acht Minuten vor den anderen einging", sagte Christidis leise.

„Was bitte?"

Abu Bakars Augen verkleinerten sich zu Schlitzen.

„Sie wussten, dass es um 0.32 Uhr losgeht. Wann haben Sie angerufen?"

Die Stimme wurde scharf. Christidis bekam Angst.

„Um 0 Uhr 29. Ich war aufgeregt!"

„Beim nächsten Fehler werden Sie nie mehr aufgeregt sein!"

Da wusste Christidis, dass er wohl bald die Bekanntschaft von Αιδης machen würde.

Hades. Dem Gott der Unterwelt.

„Und Sie fahren ab sofort nur noch mit einem Wagen, den ich Ihnen zur Verfügung stelle", sagte Abu Bakar mit einer Stimme, die keinen Widerspruch duldete.

„Was für einen Wagen?"

Christidis begriff nichts.

„Einen Suzuki!" Abu Bakar lächelte. Er wusste, dass dies unter Christidis´ Würde war.

„Aber … warum?"

„Weil an Ihrem Phaeton ein Sender hängt, Sie Idiot. Sie dürfen Nikakis nicht unterschätzen. Und außerdem ist ein Phaeton viel zu auffällig!"

„Aber er wird es merken, wenn das Auto …"

„… nicht bewegt wird? Keine Sorge. Einer meiner Mitarbeiter wird damit einige Ausflüge machen. Und Herrn Nikakis quer über die Insel schicken. Oder ihn zumindest verwirren!"

Christidis überlegte, was schlimmer war: Hades oder der Suzuki. Ohne Zweifel: der Suzuki.

Es war eine Demütigung. Eine ganz bewusste.

„Woher wissen …", stotterte Christidis.

„Weil Nikakis zwar zuhause einiges an Spielzeug hat, aber mit meiner Technik hier kann er nicht mithalten."

„Woher hat …?"

„Ist das wichtig?", fragte Abu Bakar genervt.

„Er hat das Zeug vom Geheimdienst bekommen. Die hatten letztes Jahr einen Einsatz auf Mykonos und er hat sie irgendwie überredet, manche Dinge zu ‚vergessen'!"

„Das ist doch illegal", warf Christidis ein.

„Das interessiert Angelos Nikakis nicht. Er will mich nicht vor Gericht bringen. Er weiß, dass er mich töten muss. So einfach ist das. Er oder ich. Alle Mittel erlaubt. Kommen Sie nichts ins Kreuzfeuer, Christidis!"

„Dieser blöde Hinterlader!"

Abu Bakar platzte.

„Es ist vollkommen egal, wen er f****. Er ist schlau, verschlagen und schnell. Aufpassen und immer mit dem Schlimmsten rechnen!"

Da tue ich ohnehin schon, dachte Christidis.

35

B in ich froh, dass ich schwul bin", rief Angelos laut, als er zur Türe hereinkam. „Du glaubst es nicht!"

Er erzählte kurz von dem Erlebnis mit dem weiblichen Einzeller.

„Mist! Da wäre ich gerne dabei gewesen", sagte Alex.

„Dafür habe ich einiges für dich!"

„Hoffentlich nur Erfreuliches", knurrte Angelos, dem die Zahl der Leichen – bisher vier – schwer zu schaffen machten. Seine Aufklärungsquote lag bei 100% und ein Absinken würde ihn hart treffen.

„Christidis ist mit seinem Phaeton – und unserem Sender – zum Flughafen gefahren und hat dort geparkt."

„Mist", sagte Angelos.

„Ganz im Gegenteil. Die Kameras zeigten, dass er nicht in das normale Terminal ging, sondern zum Privat-Check. Zehn Minuten später ist ein Hubschrauber gelandet. Privatunternehmen aus Athen. Aegean Heli. Dessen Flugplan sah als Ziel Santorini vor, aber gelandet ist er dort nicht. Ich habe angerufen. Auf dem Radar ist er gleich nach dem Start nicht mehr zu sehen gewesen!"

„Was bedeutet, dass er knapp über dem Wasser geflogen ist. Aber ein Gespräch mit der Firma und dem Piloten bringt uns sicher weiter. Da drohen wir ein bisschen mit Lizenzentzug und nationaler Sicherheit", antwortete Angelos.

„Wäre das nicht eher etwas für deinen Freund beim EYP?", schlug Alex vor.

„Giorgios? Ich kann es ja mal probieren!"

„Es geht noch weiter. Der Heli landete eine Stunde später wieder hier und flog dann weiter nach Athen. Aber Christidis stieg nicht in sein Auto ein, sondern wurde abgeholt. Von einem Suzuki", sagte Alex und lachte.

„Das muss eine richtige Folter für ihn sein!"

Angelos überlegte.

„Eine Stunde? Genau?"

„Ich habe es aufgeschrieben. 1 Stunde und sechs Minuten."

„Ein Gespräch mit Abu Bakar dauert sicher nicht länger als zehn Minuten. Hast du den Hubschraubertyp abgefragt?"

Alex lächelte triumphierend. „Klar. Eine EC 135. 230 km/h!"

„Ich könnte dich küssen", sagte Angelos.

„Tu es doch einfach!"

„Nichts lieber als das!"

Das Gespräch wurde 22 Minuten später fortgesetzt.

„Er wollte nicht entdeckt werden, ist daher bestimmt Höchstgeschwindigkeit geflogen. Abzüglich der beiden Landungen muss das Ziel also etwa 100 km entfernt gelegen sein. Abu Bakars Schiff. Und es kann nur Richtung Süden gewesen sein. Offenes Meer. Vielleicht haben wir Satellitenaufnahmen. Da sind zwar Hunderte Schiffe, aber sicher nicht viele, die sich nicht bewegen. Schauen wir mal, was wir kriegen", sagte Angelos und ging hinaus, um mit seinem Freund beim EYP zu telefonieren.

„Ich kann doch keinen Satelliten in stationärer Lage halten. Das fällt auf!", sagte der aber.

„Und? Es geht um vier Morde!"

„Angelos. Das interessiert das Militär nicht. Und in Griechenland ist der Geheimdienst dem Militär unterstellt!"

„Und wie wäre es mit einer Drohne?"

Giorgios lachte laut.

„Du glaubst, Griechenland hat eigene Drohnen? Hast du das Wort ‚Finanzkrise' schon einmal gehört? Womit sollte die Drohne fliegen? Mit Segeln?"

Giorgios Stimme klang mehr als frustriert.

„Ok. Dann nimm die letzten Sequenzen und schau, welche Schiffe sich 100 km südlich von Mykonos nicht bewegt haben. Das können nicht viele sein!", sagte Angelos.

„Und was bekomme ich dafür?"

Angelos lachte.

„Vergiss es. Ich wusste schon, warum ich nach draußen gegangen bin. Hätte Alex das gehört, wärst du schon tot. Trotzdem danke, Giorgios!"

„Aber beim nächsten Mal bist du fällig. Ich melde mich!"

Als Angelos wieder in die Küche kam, fragte Alex gleich: „Was wollte er denn als Belohnung?"

„Äh …"

„Alles klar! Aber jetzt erzähl mir genau, was in Merchias und bei Sunshine passiert ist."

Angelos lieferte einen genauen Bericht ab.

„War ganz schön was los, während ich im Krankenhaus lag!"

„Ja – und bei mir dreht sich noch immer alles im Kopf. Gott sei Dank bist du wieder da. Nichts von dem, was du heute herausgefunden hast, hätte ich … Von wegen Superbulle", sagte Angelos, mit sich mehr als unzufrieden.

„Jetzt mach mal halblang. Das hier am Computer war reines Handwerk. Und du hattest einen Groß-brand und vier Leichen.

Anderswo wird da eine 20-köpfige Sonderkommis-sion eingerichtet!"

„Lieb, dass du mich trösten willst!"

„Ich war aber noch nicht fertig! Der Suzuki mit Christidis fuhr dann nach Kalafati!"

„Zu seinem Hotel", stellte Angelos fest.

„Ja. Und der Suzuki fuhr dann nach Kalo Livadi. Und zwar zur Hausnummer …!"

Angelos zog die Augenbraue hoch.

„Tja. Nachdem mein Mann einen Überwachungs-staat aufgebaut hat, haben wir fast überall Kameras", meinte Alex schmunzelnd.

„Eine sichere Insel, kein Überwachungsstaat!", wand Angelos ein.

„Wie viele Kameras haben wir auf der Insel?", hakte Alex nach.

„Äh, also ich habe 150 angeschafft", antwortete Angelos.

„Plus die privaten ist das die höchste Dichte nach dem Kreml."

„Und um wieviel Prozent sind Diebstähle und Einbrüche zurückgegangen?", lautete die Gegenfrage.

„Um die 60% Prozent?", schätzte Alex.

„Es waren 64% im letzten Jahr. Ende der Diskussion. Die Frage ist vielmehr, was machen wir mit der Information?", fragte Alex.

Angelos schmunzelte.

„Wir nehmen ihn fest!"

„Wen? Christidis?", fragte Alex.

„Dussel. Abu Bakars Mann in Kalo Livadi!"

„Weil er Christidis nach Hause gefahren hat? Kein Verbrechen, jedenfalls war das früher so!", entgegnete Alex.

Angelos ging auf den Einwand nicht ein.

„Wir können ihn 48 Stunden festhalten. Richtig?"

Alex nickte.

„Genug Zeit, damit Abu Bakar, auf die Idee kommt, sein Mitarbeiter könnte plaudern. Es ist ihm ja mit Raschid schon einmal passiert!"

„Warum sollte der Typ auspacken? Wir haben nicht mal einen Festnahmegrund", widersprach Alex.

„Ach Alex. Wir lassen über Sunshine und Facebook melden, wir hätten im Zusammenhang mit dem Sunshine-Mord eine Person festgenommen. Das bringt Abu Bakars Gehirn zum Rotieren!"

„Äh, ein Haftbefehl?", fragte Alex.

„Möchtest du zu dem Richter?", lautete die Gegenfrage.

Angelos kannte die Antwort. Alex hasste den Richter, seitdem der ihn und Angelos fast auseinandergebracht hatte.

„Eher bade ich in Säure", antwortete Alex.

„Aber unter keinen Umständen machst du das. Für Maria und die anderen Polizisten ist es auch zu gefährlich. Und ich kann nicht mal gerade stehen."

„Du hast recht. Ich fordere OPKE an!"

Die Spezialeinheit aus Athen. Als Bürgermeister von Mykonos kein größeres Problem. Außerdem war der zuständige Staatssekretär ein ausgewiesener Angelos-Fan.

„Noch ein Freund?", ätzte Alex.

„Ja. Und nein, ich hatte nichts mit ihm. Zum Kuckuck. Wie oft soll ich dir noch sagen, dass ...!"

„Stopp. Ich entschuldige mich. War blöd."

„Saublöd!"

„Ich denke, wenn Abu Bakar hört, dass sein Mann im Gefängnis sitzt, macht er vielleicht einen Fehler!"

„Dem ist das doch egal", widersprach Alex.

„Natürlich. Außer er glaubt, er wird verraten."

„Dennoch ist es Rechtsbeugung!"

„Ein griechischer Bürgermeister muss biegen bis es kracht, sonst kommt er nicht weit! Gut. Ich brauche die genaue Lage des Hauses und die Kameraaufnahmen für OPKE. Ich muss aber hin. Wie sieht denn das sonst aus?"

Alex wollte schon widersprechen …

„Ich bleibe im Kommandowagen!"

„Wohin willst du den Mann dann bringen? Das Gefängnis ist im Gericht und …"

„Mist. Du hast recht. Wir fliegen ihn nach Renia!"

„Aber die Insel ist unbewohnt!"

„Eben. Und Abu Bakar rechnet sicher nicht damit."

„Schwimmen fällt da aber aus. Bei der Strömung ist er innerhalb weniger Minuten weg", wand Alex ein.

„Auch nicht weiter schlimm", antwortete Angelos.

Alex grinste.

„Mein Mann, der Menschenfreund!"

36

Abu Bakar brauchte dringend einen starken Kaffee. Bei ihm ein untrügliches Zeichen von Nervosität. Und das bei der „Maske".
Dem Mann, der Menschen bei lebendigem Leib Augen aussticht oder Hoden abschneidet.
Letzteres war in Beirut seine Standardmethode.
Nicht „Teile und herrsche", sondern „Schocke und herrsche", müsste es heißen. Panische Angst erzeugt Loyalität. Und aus dem Fall Raschid hatte er gelernt. Keine vertrauliche Information mehr an Mitarbeiter. Immer nur Brocken. Brocken, die kein Gesamtbild ergeben.

Was aber hilft, wenn alle Maßnahmen ins Leere laufen, weil die Gegenseite immer näherkommt.
Die Gegenseite hieß Angelos Nikakis. Was nicht ganz stimmte, denn mit Alex´ Rückkehr musste sich Nikakis nicht mehr mit Kleinkram abgeben, sondern konnte das große Ganze ins Visier nehmen.

Er hat meine Technik ausgetrickst. Erst hatte sich Abu Bakar darüber gewundert, dass Angelos so wenig telefoniert. Besonders jetzt, nachdem sein Ehemann wieder da ist.

Dann begriff Abu Bakar. Sein Intimfeind hatte auf Funkgeräte zurückgegriffen. Mit gesperrter Frequenz und Verschlüsselung. Bestimmt hatte er die von einem Freund beim EYP.

Irgendein Geschlechtsgenosse, mit dem er mal im Bett war. Wieder ein Punkt für seinen Intimfeind.

Und dann die Nachricht, dass Ahmed in Kalo Livadi verhaftet wurde. „Im Zusammenhang mit dem Mord bei Radio Sunshine".

Absurd. Er war nicht einmal dabei. Ein Bluff.

Allerdings wusste Ahmed einiges und wahrscheinlich doch zu viel. Würde er plaudern im Gegenzug für einen Deal? Nein.

Er weiß, dass er im Gefängnis keine fünf Minuten sicher wäre. Meine Arme reichen weit, dachte Abu Bakar.

Dennoch war er unruhig.

Wie hatte die Gegenseite Ahmed aufgespürt? Der hatte Christidis am Flughafen abgeholt, aber ihn bei Avis einsteigen lassen, in einer Querstraße.

Die neuen Kameras. Verflucht. Nikakis hatte die ganze Insel damit zugepflastert. Wenn er auch die Zufahrt zu Christidis´ Hotel überwacht, hatte er Nahaufnahmen, denn die Kameras waren mitunter versteckt auf zwei Meter Höhe angebracht, sodass man klare Frontalaufnahmen bekam. Sie waren in den letzten Jahren immer kleiner geworden und passten in kleine Astlöcher.

Angelos Nikakis hatte immer mehr Puzzleteile auf dem Tisch. Christidis.

Der Fehler mit dem Notruf.

Der Flug hierher, der Nikakis auf seine Spur führen könnte.

Es war klar. Nikakis sah die Verbindung Christidis –
ich – Hotelprojekt. Und würde – selbst, wenn er
weder mir, noch Christidis etwas nachweisen kann
– auf jeden Fall das Projekt „Majestic" stoppen.
Ende.
Ich muss an mein Hauptgeschäft denken, dachte
Abu Bakar.
Und Leinen kappen.
An einer Leine würde Nikos Christidis hängen.

37

In diesem Fall überschätzte Abu Bakar Angelos´
Rolle. Erst unterstützte ihn Maria und dann Alex.
Allein wäre er zumindest noch längst nicht auf
dem jetzigen Stand. Morgen kommen auch noch
die Brandermittler ins Rathaus. Im Grunde genommen überflüssig, denn kein Mensch glaubte mehr
daran, dass es keine Brandstiftung war. Nicht nach
dem Mord an Antonia. Was bedeutet das für die
Abgebrannten?, fragte sich Angelos.

Wahrscheinlich zahlen die Gauner nicht. Und
Herrn Abu Bakar mit der Adresse „Ägäis zwischen
Mykonos und Rhodos" auf Regress zu verklagen,
würde wohl wenig bringen.

Da kam Angelos – oder eher dem Bürgermeister –
ein Gedanke. Wenn es gelänge, der „Maske"
einen Teil des Geldes abzunehmen oder Christidis,
könnte man das Geld verteilen, an die, die es
brauchen. Muss nur Bargeld sein. Und wieder
begehe ich eine Straftat, dachte Angelos. Aber
zum Wohle der Allgemeinheit.

Er war wieder zuhause. Mittlerweile war es
Mitternacht.

Alex war erleichtert.

„Deinem Traumprinzen ist nichts passiert", sagte
Angelos grinsend. „Es war harmlos. Der Typ war so
überrascht, dass er sich anstandslos festnehmen
ließ. Es ist kein einziger Schuss gefallen. Noch
überraschter war er, als wir ihn nach Renia

brachten. Ich glaube, er fühlt sich etwas einsam. Noch dazu ist es stockfinster. Die nächsten Stunden wird er sich fragen, was schlimmer ist: im Meer ertrinken oder von seinem Chef zu Tode gequält zu werden."

„Als Mitarbeiter von Abu Bakar hat er bestimmt Blut an den Händen. Dennoch: er hätte wenigstens die ‚Chance Gefängnis' verdient. Einen Lockvogel in den Tod schicken? Das dürfen wir nicht tun", wand Alex ein.

Angelos sagte zunächst nichts.

Ist er jetzt sauer?, fragte sich Alex. Aber das war nicht der Fall.

„Du hast recht. Ich darf nicht denken wie er, sonst bin ich nicht besser. Ich schicke morgen früh ein Boot."

„Noch ein Gute-Nacht-Espresso?", fragte Alex.

„Nicht etwa deswegen, weil der gnädige Herr heute gerne Sex hätte?"

„Wer hat sich denn über den ‚Interruptus' beklagt?"

Angelos lachte.

„Alles klar. Aber gib mir noch ein bisschen Zeit. Ich bin keine Maschine!"

„Schone dich ruhig, bevor ich über dich herfalle."

„Sag mal, Alex, was haben die dir denn in den Tee gegeben?"

„Bei so einem gutaussehenden, klugen und muskulösem Ehemann mit Sixpack braucht man nichts im Tee!"

„Schleimer", antwortete Angelos grinsend.

„Was anderes. Wenn du vor mir aufwachst, könntest du damit anfangen, die Tapes von ‚Radio Sunshine' abzuhören? Bei Musik kannst du vorspulen. Es geht nur um die Moderation. Irgendetwas, was dir auffällt. Ab dem Tag vor den Merchias-Morden. Sind zwar vier Tage, aber die Hälfte fällt weg, weil die in der Schleife liefen. Der Mord wird nicht darauf sein. Außer, Marc hat irgendeinen Aufnahmeknopf gedrückt. Aber dazu kam er wohl nicht."

„Das Gedudel kann ich also überspringen? Gott sei Dank!"

„Ja, alter Mann", flüsterte Angelos Alex ins Ohr. Noch immer stellten sich bei Alex die Nacken-haare, wenn Angelos nahe bei ihm war. Und Angelos lachte.

„Ah! Es funktioniert immer noch!"

Ganz Ornos schlief. Ganz Ornos?

Nein. Im Hause Nikakis schrak Angelos um 4 Uhr 12 auf.

„Ich hab´s. Ich Vollidiot!"

Ein vollkommen verorgelter Alex schaute ihn an, als wäre er nicht ganz bei Trost.

Angelos drehte sich zu Alex hin und küsste ihn auf den Kopf.

„Schlaf weiter, arkoudaki-mou!"

Und Bärchen schlief wieder ein.

38

Nikos Christidis stand wieder an der Brüstung und schaute aufs Meer. Der Sonnenuntergang ist und bleibt überwältigend, auch wenn man ihn schon hundert Mal gesehen hat. Vor zwei Wochen stand er hier und sein Traum lag in weiter Ferne. Nur wenige Tage später schien er zum Greifen nahe und dies in Rekordgeschwindigkeit. Es lief alles so gut. Scheinbar. Ihn beschlich das Gefühl, einen Riesenfehler gemacht zu haben. Einen wahrscheinlich tödlichen Fehler. Er hatte nicht bedacht, dass er durch die Verbindung zu Abu Bakar in dessen andere Geschäfte hineingezogen wird. Die Morde in Merchias und bei „Sunshine" hatten mit meinem Projekt nichts zu tun, dachte Christidis. Nun sieht es für andere so aus, als wäre ich Abu Bakars Resident auf der Insel, sein Stellvertreter.

Christidis übersah, dass er in Wahrheit einen Mord zumindest in Kauf genommen hatte.

Antonia.

Aber er sah sich als Opfer. Denn er hatte Angst. Es war ein Fehler gewesen, Abu Bakar von seinem Fehler zu erzählen. Der Mann duldete kein Versagen und sei es auch nur ein zu früher Telefonanruf. Spätestens mit dem Besuch von Angelos Nikakis war Christidis klar geworden, dass es nicht gut laufen würde.

Wenn der mal Witterung aufnimmt …

Christidis hatte eine Waffe bei sich. Als Notfall-
maßnahme. Dennoch machte er sich keine
Illusionen. Sie würde nichts helfen. Kurz überlegte
er, ob er nicht Nikakis anrufen und sich stellen
sollte. Beihilfe zum Mord. Ich käme ins Gefängnis
und selbst dort wäre ich nicht sicher. Nur, wenn
ich Abu Bakar töte, könnte ich unversehrt aus der
Geschichte herauskommen und alles auf ihn
schieben.

Die Chancen? Eins zu zehn. Eher eins zu hundert.
Wann habe ich das letzte Mal geschossen? Bei
der Armee. Vor …

Ich könnte auch Nikakis erschießen, aber dann
würde mich dessen Mann umbringen.

Man munkelte auf der Insel, dass Alex schon zwei
Menschen erschossen hatte, die Angelos töten
wollten.

Er lag falsch.
Es waren drei.

39

Alex quälte sich die Treppen hinunter. Ich bin erst 35, dachte er. Warum bin ich am nächsten Tag immer platt? Während Angelos meist pfeifend und vor Kraft strotzend in der Küche erscheint? Und dies, obwohl er zugege- benermaßen mehr „arbeiten" musste als ich.

90 Minuten später kam agapi-mou pfeifend in die Küche.

„Einen wunderschönen guten Morgen, arkoudaki- mou!"

Alex knurrte nur etwas Unverständliches.

„Und das, nachdem ich mir gestern wirklich Mühe gegeben habe", sagte Angelos beleidigt. Was bin ich für ein Idiot, dachte Alex.

„Entschuldige. Du hast recht! Vielleicht werde ich alt!"

„Dann kommst du weg. Ich will keinen Griesgram und Sexmuffel!"

Und schon flog Angelos das Brötchen ins Gesicht.

„Der alte Sack arbeitet schon seit einer Stunde", sagte Alex.

„Ah. Hat Kommissar Rollator etwas entdeckt?"

Da aber Angelos Alex gleichzeitig am Ohr leckte, wich der Zorn bald.

„Ich denke schon. Wenn du dir stundenlang blöde Witze und Wetterberichte anhören musst, langt es dir. Wer braucht überhaupt noch Radio?"

„Ich bräuchte weder TV noch Radio. Mit dir habe ich Unterhaltung genug", frotzelte Angelos, noch immer gut gelaunt.

„Du wirst jetzt lachen. Aber mir kommen diese Wetterberichte seltsam vor. Du weißt schon. Die, über du dich so aufgeregt hast!"

„Sprich weiter!"

„Es ist dieser Seewetterbericht. Zwei Tage lang vor den Foko-Morden hieß es durchgehend:

„Dienstag Wind Nordost 3 bft. Ein Wetterbericht, der zwei Tage gleichbleibt? Außerdem hatten wir Südwind. An beiden Tagen", sagte Alex stolz.

„Und danach zwei Tage Südost 5bt, auch beim neuen Sprecher. Wieder ohne Änderung. Dabei haben wir Wind Südwest. Rätselhaft, oder?"

„Überhaupt nicht!", sagte Angelos.

„Wie bitte?"

„Das war großartige Arbeit, Alex. Aber mir schoss es heute Nacht durchs Gehirn. Zwei Tote in Merchias. Bei irgendeiner Drogenübergabe. Der Notruf ging um 3 Uhr 03 ein."

„Und was hat das mit dem Wetter zu tun?"

„Denk nach, Alex. Nordost kann nur Foko oder Merchias sein und die Beaufort-Zahl …"

„… ist die Uhrzeit. Klar! Und an das Radio als Kommunikationsmittel denkt niemand. Handy, Email ja. Aber niemand zeichnet Radio auf. Außer der Sender selbst!"

„Ja. Und der gute Marc war der Sprecher Abu Bakars, dachte sich aber, er könne das schnelle

Geld machen und mit zwei Kumpels Abu Bakar und die benachrichtigten Verteiler …"

„… überfallen, was ihnen nicht gut bekommen ist. Wobei die am Strand noch den angenehmeren Tod starben", stellte Alex fest.

„Und was hat Christidis damit zu tun? Und der Brand?"

Angelos dachte nach.

„Es gibt eine Verbindung. Ich bin mir sicher. Denn Christidis hat nicht den Mumm, jemand zu töten. Er ist ein Angeber, ein Prahler. Jemand wie er ,beauftragt' andere. Antonia konnte er nicht selbst umbringen, zumal er bei dem Brand ja als Opfer dastehen musste. Es hätte auch fast funktioniert, hätte Maria nicht die Anrufliste kontrolliert. Und dann war da Negropontis, der mir von dem Angebot und der Drohung von Christidis erzählt hat. Zwei dünne Fäden. Aber: ausgehend von ,Cui bono' liegt es nahe."

Eine Frage blieb aber noch offen.

„Wie kommt Christidis überhaupt auf Abu Bakar?"

„Alex. Es ist eines der teuersten Hotels der Insel. Und beliebt bei VIPs, Oligarchen …"

„… und die wollen ein bisschen Spaß. Herr Hotel-direktor als Drogendealer. Ich glaub´, ich spinne!"

„Die Gewinnspanne ist höher als bei Zimmerver-mietung. Vor allem, wenn man expandieren will", ergänzte Angelos.

„Das ,Hellenic'?"

„Genau das. Er ist der Einzige, der von dem Brand profitieren würde. Er hatte nur nicht damit gerechnet, dass man Antonia obduzieren und etwas finden würde!"

„Aber es fehlt noch der Beweis, dass es Brandstiftung war", wand Alex ein.

„Hast du noch Zweifel? Ich nicht. Und die Brandermittler werden zum selben Ergebnis kommen. Da bin ich mir sicher. Aber wir werden keine Beweise brauchen", sagte Angelos.

„Glaubst du im Ernst, dass Abu Bakar Mitwisser am Leben lässt, vor allem dann, wenn sie versagen? Er war sicher nicht erfreut, als ihm klar wurde, dass Christidis´ Projekt scheitern würde. Und er damit keine Geldwaschanlage bekäme. Ich könnte mich ohrfeigen für meine Begriffsstutzigkeit!"

„Du rechnest damit, dass Abu Bakar Christidis töten will?"

„Ist der Papst katholisch?"

40

Sie bekamen diese Seewetterberichte immer eine Woche im Voraus?", fragte Angelos ungläubig. Und darüber haben Sie sich nicht gewundert?"

„Worüber?", fragte das Mädchen bei „Sunshine". Die Dummheit war also nichts Vorübergehendes. Es war nicht zu fassen.

„Wetter für eine Woche im Voraus?", hakte Angelos nach und wusste sofort, dass Nachfragen nur noch mehr Unsinn hervorbringen würde. Und so war es.

„Mit Trohnen ist das doch heutzutage kein Problem", sagte das Mädchen, sichtlich stolz auf ihre Erkenntnis.

Alex prustete los. Er stand hinter Angelos.

„Ich habe nicht übertrieben, oder?", fragte er Alex.

„Nicht im Geringsten!"

„Und wie haben Sie den Bericht bekommen?", fragte Angelos, wissend, dass erneut eine schwere Prüfung bevorstand.

„Übers Telefon. Immer montags!"

„Und von wem?"

„Na, vom Wetterdienst in Athen!"

„Aha. Dann haben Sie sicher eine Rechnung von denen", sagte Angelos.

„Nein. Seit wann muss man fürs Wetter bezahlen?"

„Gott sei Dank bin ich schwul", murmelte Angelos.

„Und der Bericht von heute?"

Das Mädchen zog unter einem Stapel einen Zettel hervor.

„Freitag, Südost 6 bft. Was bedeutet eigentlich bft?"

„Blond und …"

„ANGELOS!", ging Alex dazwischen.

„Geben Sie uns bitte den Zettel", sagte er.

„Was für ein Wetter sollen wir dann vorlesen?", fragte der weibliche Einzeller.

„Schauen Sie doch zum Fenster raus", sagte Angelos.

„Oder besser: rufen Sie beim Wetterdienst in Athen an!" Die hätten einen Heidenspaß. Die Radio-Queen würde sicher ohne Zögern vorlesen: Morgen Asteroiden-Einschlag, 75 Grad, Wind 43.

„Gute Idee. Danke!"

„Oh Herr im Himmel!"

Südost,6 bft. Also Kalafati um 6 Uhr", sagte Alex. „Direkt vor Christidis´ Haus. Wie passend!"

„Immerhin können wir dann noch ein bisschen schlafen", lautete Angelos´ Antwort.

„Verstärkung?", fragte Alex.

„Nur Maria als Rückendeckung!"

„Und von der Wasserseite? Küstenwache?"

„Alex, Abu Bakar gibt einmal Gas und dann ist er weg. Auf dem Wasser haben wir keine Chance. Nur an Land!"

„Aber wieso sollte er überhaupt an Land?"

„Weil er Christidis töten muss", antwortete Angelos.

„Und was machen wir mit den Zwischenhändlern am Strand?"

„Die soll Maria oben an der Kreuzung rausfischen. Die Ladung abnehmen und dann für die nächsten Tage zu einem Gespräch bei mir einladen. Ich halte ihnen einen strengen Vortrag – und lasse sie laufen", sagte Angelos.

„Wie bitte?"

„Klar. Verhindern können wir den Handel nicht, es gibt zu viel Bedarf. Aber wenn ich ein paar Club- und Barbesitzer als Informanten gewinnen kann, dann habe ich mehr davon!"

„Kameras und Spitzel. Mein Mann errichtet eine Insel-Diktatur", frotzelte Alex.

„Eine Insel-Diktatur, auf der alle glücklich und sicher leben, dank des Bürgermeisters!"

„Du solltest bei deinen nächsten Auftritten immer weiße Tauben fliegen lassen! Und ich sollte beim Autofahren immer eine Scream-Maske tragen, damit ich mich mal frei bewegen kann."

„Du meinst, auf den Fahrten zu deinem heimlichen Liebhaber?", fragte Angelos.

„Auf dieser Insel kann man überhaupt kein Verhältnis eingehen, ohne dass es der Bürgermeister erfährt!"

„"Was früher ohne Kameras auch so war", antwortete Angelos trocken.

Alex lachte.

Da hatte Angelos recht. Der Inseltratsch war immer noch effektiver als Facebook, Twitter und Instagram.

Da brummte Angelos´ Handy. Es war Maria.

„Angelos. Die Brandermittler sind da und würden dich gerne sprechen…"

„… um mir etwas zu sagen, was ich ohnehin schon weiß. Aber gut. Ich bin gleich da. Und sag ihnen: wenn sie nicht zahlen, hetze ich ihnen die Medien auf den Hals!"

Maria lachte.

„Das sagst du ihnen bitte selbst!"

„Ach ja. Nimm dir heute nachts nichts vor. Wir brauchen dich ab 5 Uhr", sagte Angelos.

„Na großartig. Dann fällt der Sex heute Nacht wieder aus. Ich liebe meinen Beruf", knurrte Maria.
Maria und Sex? Mit wem? Vielleicht sollte ich meine Leute besser kennen?
„Und bevor du fragst: es ist ein Mann. Es gibt auch noch Heteros auf dieser Insel!"
„Der arme Kerl", antwortete Angelos und lachte.
„Du willst ja nicht, Schöner!"
„Igitt!"
„Danke für die Blumen", knurrte Maria.
„Ist aber nichts persönliches!"

42

Ornos, 5.00 Uhr morgens

Alex und Angelos saßen vor ihrem zweiten Espresso. Alex starrte auf den Wetterbericht. Ganz schön viele Kritzel, dachte er. Zu mehr gedanklicher Leistung war er noch nicht in der Lage. Es dauerte, bis er aufschrie: „SCHEISSE. Das ist kein SECHS, sondern eine FÜNF!"
Am linken Bogen sah man bei genauem Hinsehen blaue Schriftfarbe statt schwarzer.
Die Frage war nur: wer hat da etwas verändert? Es konnte nur die dumme Kuh gewesen sein. Das Hirn

war wohl auf Stand-by und so hat sie ein wenig herumgekritzelt. Aber Schuld bin ich. Und warum habe ich nicht noch einmal genauer hingesehen?

„Es tut mir leid", sagte Alex.

„Maria rufen wir von unterwegs. Wir kommen also mindestens eine halbe Stunde zu spät", knurrte Angelos. „Aber ich hätte selbst darauf schauen sollen. Hoffen wir, dass Christidis noch am Leben ist.

Alex und Angelos rannten zu ihrem SUV.

Schon nach 5 Minuten dachte Alex, dass Tod durch Abu Bakar eine Erlösung sein musste – im Vergleich zu Angelos´ Fahrstil.

„Das ist kein Flugzeug", brüllte er.

„Klappe!"

43

Nikos Christidis war entspannt. Er hatte beschlossen, dass er wenigstens gut gelaunt sterben sollte. Und so hatte er eine Portion des Spezialmenüs zu sich genommen, das für seine Gäste vorgesehen war.

Er hätte Bäume ausreißen können. Aber in einem der Löcher würde er wohl bald liegen.

Südost hieß Kalafati. Was für ein Zufall, dachte er vor drei Tagen. Der keiner sein konnte.

Das Programm hieß: Ware ausliefern. Danach mich ins Jenseits schicken. Schade, dass ich mein Projekt nicht realisieren konnte. Mein Schicksal: Kleingeister.

Christidis hörte, wie sich drinnen die Türe öffnete. Ah. Es ist so weit. Alea jacta est.

Doch es war nur Christos aus der Küche, der meldete, dass die Lieferung eingetroffen sei. Die ich nicht mehr brauche.

Die Tür schloss sich wieder. Dennoch hörte er Schritte hinter sich. Der Klang von Schritten auf Fliesen. Mein Henker ist schon auf dem Balkon. Wird er noch etwas sagen?

Der Henker sagte nichts mehr.

Er zog Nikos Christidis eine Plastiktüte über den Kopf. Nikos Himmelfahrt begann.

44

Maria meldete sich von unterwegs. Alex konnte das Handy kaum halten, geschweige denn etwas hören. Das Quietschen der Reifen und das Brüllen des Motors.

„MARIA?"

„JA. BIN UNTERWEGS. CHRISTIDIS. ER LIEGT VOR SEINEM HOTEL IN EINER BLUTLACHE. MIT EINER TÜTE AUF DEM KOPF!"

Alex ließ den Kopf hängen. Wir hätten es verhin-
dern können, wenn ich nicht versagt hätte.
„ANGELOS! DU KANNST LANGSAMER FAHREN.
CHRISTIDIS IST TOT!", schrie Alex.
Noch vor den S-Kurven nach Ano Mera ging
Angelos vom Gas, sehr zur Freude von Alex.
„Hör sofort auf", sagte er.
„Womit?", fragte Alex.
„Dir Vorwürfe zu machen. Er ist schuld am Tod von
Antonia!"
Er hatte noch nicht ausgesprochen, da kam ihnen
in der ersten Steilkurve ein Fahrzeug entgegen,
dessen Geschwindigkeit mit dem Wort „überhöht"
nur unzureichend zu beschreiben wäre.
Angelos gab Gas, zog die Handbremse und
drehte. Alex wäre fast gegen den Holm gekracht.

Bitte lass ihn nicht nach Panormos abbiegen.
Doch Alex ahnte es instinktiv. Geradeaus ging es
Richtung Chora. Dort könnte man eher eine
Straßensperre errichten als mitten in der Pampa.
Und außerdem kann in Panormos ein Fluchtboot
problemlos anlanden. Ohne dass es jemand sieht.
Wäre ich Abu Bakar, würde ich dort an Bord
gehen, geschickt. Wegen des codierten Wetter-
berichtes hatten wir eigentlich damit gerechnet,
dass er seine Yacht südlich von Kalafati positio-
niert. Ohne jede Chance, ihn stellen zu können.
Als Vorsichtsmaßnahme hat Abu Bakar wohl den
Plan geändert. Es war ein böser Schnitzer, Christidis

vom Balkon zu werfen. Sonst hätte es gedauert, bis der Hotelier entdeckt worden wäre. Nur deswegen begegneten sich Abu Bakar und Angelos auf der Strecke zwischen Chora und Ano Mera. Und Alex war sich nicht sicher, ob er sich darüber freuen sollte, dass sie noch eine Chance hatten, Abu Bakar festzusetzen. Denn die Strecke nach Panormos war Angelos liebste Rennstrecke. Eng, kurvenreich – schlicht die gefährlichste Straße der Insel. Und ganz nach Angelos Geschmack. Alex starb tausend Tode, während der SUV von einer Kurve in die nächste schleuderte, immer gut 200 Meter hinter Abu Bakar bleibend.

Gott sei Dank sind wir gleich da. Hoch auf den Berg und dann links hinunter. Aber dazu sollte es nicht kommen. Als Angelos um die Kurve fuhr, stand Abu Bakar wenige Meter vor ihnen mitten auf der Straße. Er kalkulierte, dass Angelos instinktiv versuchen würde, auszuweichen. Und das tat er. Leider. Der SUV brach aus. Die Kombination aus scharfem Bremsen und heftigen Lenkbewegungen machten ihn unkontrollierbar. Sehen konnte man auch nicht viel. Der Staub verschleierte – noch – das Ergebnis. Als die Sicht besser wurde, hatten Alex und Angelos einen fantastischen Ausblick auf die vom Mond beleuchtete Bucht. Der Grund: sie hingen über dem Abgrund. Der Wagen schwankte vor und zurück, stabilisierte sich aber auf der Kante.

„Wärst du mal lieber in ihn reingefahren",
murmelte Alex.
„So? Du bist wie immer nicht angeschnallt. Wärst
du lieber durch die Scheibe geflogen?",
sagte Angelos aufgebracht.
„Oh, entschuldige. Äh, danke.

45

Zum ersten Mal sahen Alex und Angelos gemeinsam dem Tod entgegen. Bis dahin war ihnen dieses Gefühl nur einzeln vergönnt. Wobei der eine den anderen bisher immer retten konnte. Schwierig, wenn beide zeitgleich über dem Abhang schweben. Und das taten sie. Der Wagen hatte nur noch am Unterboden Kontakt. Die Reifen vorn und hinten drehten sich zwar noch, griffen aber nicht mehr. Im inneren des Wagens knirschte es verdächtig. Offensichtlich war der SUV im Begriff abzustürzen. In das Nichts. Denn an dieser letzten Kurve vor Panormos geht es nicht steil hinunter, sondern senkrecht. Es würde kein Abrutschen geben, sondern einen veritablen Absturz. Instinktiv lehnten sich Alex und Angelos in den Sitzen zurück und hielten den Atem an, obwohl letzteres sicherlich keinen Sinn machte.

„Ich sage jetzt nichts über deine Fahrweise", sagte Alex.

„Das ist auch besser so. und ich konnte nicht ahnen, dass hinter der Kurve der Verkehr steht."

„Fahrschule, zweite Stunde", knurrte Alex.

„Gute Idee. Eine Minute bevor wir sterben, brichst du einen Streit vom Zaun. Super Zeitpunkt. Das kann ja heiter werden mit dir im Paradies", sagte Angelos leise.

„Ach, wir kommen ins Paradies? Dann müsste sich der Laden aber liberalisiert haben. Du meinst, da hängt eine Regenbogenfahne am Eingang und ein Schild ‚gayfriendly'?"

„Für mich schon. Da du aber ein Rüpel bist und weder meine Intelligenz, noch meine Schönheit zu würdigen gewusst hast, kommst du in die Hölle!"

Alex musste lachen. Das hätte er nicht tun sollen, der Wagen begann stärker zu schwanken.

„Wegen deiner Angeberei stürzen wir jetzt ab. Bravo", flüsterte Alex.

„Unverschämtheit. Du hättest nicht lachen dürfen. Andererseits bin ich nun mal schön, klug und witzig", legte Angelos nach.

„Hör auf. Du bringst uns um", zischte Alex.

„Bevor wir jetzt sterben, könntest du mir noch einen blasen, oder? Sonst wäre das ein trostloses Ende!", stellte Angelos fest.

„Großartige Idee. Ich beuge mich nach vorne. Super. Stürzen wir ab, beiße ich aus Reflex zu. Das wird dann deine letzte Erinnerung sein!",
sagte Alex, jetzt fast vergnügt.

„Du nimmst einem auch die letzte Freude", antwortete Angelos. Er drehte sich zu Alex und sagte ernst: „Geht es schief, hatten wir wenigstens eine schöne Zeit. Ich liebe dich!"

„Schön, dass du in der Gegenwart sprichst. Mich ärgert, dass das hier umsonst war, weil Abu Bakar wohl schon längst auf seiner Yacht ist. aber egal, ich..", Alex fing an zu schniefen.

„Heul jetzt bloß nicht, sonst fange ich auch an. Aber es wäre der Zeitpunkt, mir zu sagen, wie glücklich du mit mir warst. Oder bist. Je nachdem, ob ..."

Wieder musste Alex lachen und diesmal war es fatal. Das Fahrzeug wankte, knirschte – und plötzlich hörten sie das Geräusch Metall auf Metall.

„Wo hast du denn Autofahren gelernt?", schrie Yannis.

Yannis. Der Abschlepper vom Dienst. Sie hingen am Haken.

„Jetzt könntest du mir einen blasen", sagte Angelos vergnügt.

„Angelos, du hast echt nicht alle Tassen im Schrank"

„Und gerade deswegen liebst du mich!"

Maria war 100 Meter hinter ihnen gewesen, hatte die „Hängepartie" mitbekommen und Yannis gerufen.
Die Herren Nikakis hingen am Haken.

46

Wenn ich noch fünf Minuten dieses Bouzouki-Gekrächze ertragen muss, erschieße ich mich. Das hält ja kein Trommelfell aus", knurrte Angelos.
„Tja, da muss der Herr Bürgermeister durch", antwortete Alex. „Und außerdem bist du Grieche, Herrgott!"
„Ich bin ich und sonst gar nichts. Ich hasse es, wenn alles toll sein soll, nur deswegen, weil es griechisch ist. Wir sind doch geisteskrank in diesem Land. Wir faseln immer von der Vereinigung mit Zypern, vergessen aber, dass kein Zypriote Grieche werden will. Warum sollten sie auch? Wir schimpfen über praktisch alle unsere Nachbarn, Albaner, Mazedonier, halt, ich vergaß, Nord-Mazedonier, die nächste Lächerlichkeit. Türken mögen wir auch nicht. Deutsche nur, wenn sie viel Geld ausgeben und dann lästern wir über sie. Selbstkritik? Gibt es nicht. Gab es nie. Gehört nicht

zu unserer DNA. Ich glaube, die 200.000 Griechen haben hauptsächlich deswegen das Land verlassen. Weil sie die Kleingeistigkeit nicht mehr ertragen. Ja, wir haben die Demokratie und Philosophie erfunden. Vor 3.000 Jahren. Und seitdem nichts mehr. Alles verlottert. Und der normale Grieche ist nicht besser als die Herrschaften oben. Oben korrupt. Unten korrupt..."

Angelos holte Luft.

„Äh, Großer ...", sagte Alex.

„Was ist?", knurrte Angelos. „Ich darf auch mal Dampf ablassen!"

„Aber natürlich. Vielleicht nicht gerade dann, wenn das Mikro noch angeschaltet ist!"

Angelos drehte sich um.

Besonders der Leiter des Bouzouki-Orchesters schaute grimmig.

„Auch egal. Ihr habt einen Bürgermeister gewählt, der kein Politiker ist und immer sagt, was er denkt. Wem das nicht gefällt, ist herzlich eingeladen, das nächste Mal anders zu wählen! Jedenfalls hat die Gemeinde die Ausgebrannten so gut unterstützt, wie sie konnte. Und das mehr als nur am Rande der Legalität!"

Gelächter.

„Ich hoffe, der Richter ist nicht da", murmelte Angelos.

„ICH *BIN* DA", schrie der Richter von hinten.

Na bravo!

„Noch ein Fettnapf gefällig?", fragte Alex lächelnd.

„Und Metaxas, Signomi, ich mag keine Bouzoukis, aber schön, wenn es noch Menschen gibt, die ein Instrument für wichtiger halten als Instagram. Wenn ihr es schafft, Calvin Harris auf Bouzouki zu spielen, gibt´s eine Extra-Spende von mir persönlich!"

Fast alle lachten.

„So. Und damit ihr euren Bürgermeister wieder liebhabt, gibt´s am rechten Fenster den Wein und links den Ouzo. Trinkt auf unsere Mitbewohner, die bald wieder in ihren Häusern wohnen können!!"

„Wie lange bleiben wir?", fragte Alex.

„Gar nicht. Weg hier!", antwortete Angelos.

Lächelnd bahnten sich die zwei den Weg durch die Menge. Noch ein paar Sätze hier, ein paar Sätze da – und dann waren sie aus der Menge draußen. Fast.

Ein Mann kam bis auf einen Meter an Angelos heran und zischte: „Volksverräter!" und verschwand gleich wieder.

„Was war denn bitte das?", fragte Angelos.

„Nikos Karamanlis. Sohn des Bürgermeisters aus der Militärdiktatur. Übler Nazi!"

Angelos seufzte.

„Die Brut stirbt wohl nie aus!"

Nein. Tut sie nicht.

Aber zumindest Nikos Karamanlis sollte bald
Geschichte sein. Und Angelos dennoch viel Ärger
einbringen.

Jetzt stell dich nicht so an", knurrte Angelos.
„Du wusstest, dass heute das Shooting ist!"
„Passen tut es mir immer noch nicht. Mein
Ehemann, äh.."
„..gehört dir? Tut er doch auch. Der Rest darf nur
ein bisschen schauen. Und das, was sie sehen,
gefällt ihnen bestimmt!"
Angelos grinste frech.
„Oh, du Angeber. Aber bevor du jetzt wieder
anfängst: du bist schön, klug und … was war der
Rest nochmal?"
„Eine Granate im Bett, Herrgott. Du solltest es dir
langsam merken können!"
Beide lachten.
„Es ist ja nur der Oberkörper, also stell dich nicht
an!"
„Schönster Bürgermeister Griechenlands. Auf den
Titel hättest du auch gerne verzichten können",
knurrte Alex.

„Natürlich hätte ich das. Aber nicht auf das Geld. Und du weißt, die Schule braucht dringend Computer!"

„Ja, ja. Du verbindest Eitelkeit mit einer guten Tat. Du wirst wirklich noch Politiker!"

Als sie am Paradise Beach ankamen, wurden sie von zwei Frauen begrüßt.

„Hier sind ja nur Frauen am Werk", bemerkte Angelos mit Unbehagen.

„Wenn dich nur eine anfasst, hacke ich ihr die Arme ab", raunzte Alex.

Nikos Karamanlis zwängte sich ins Cockpit. Er stöhnte.

Ich sollte vielleicht ein wenig Sport machen, dachte er. Das Einsteigen fiel mir schon mal leichter. Andererseits war es ungewöhnlich heiß. Dass das Thermometer auf Mykonos über 30 Grad steigt, ist selten, denn die Ägäis kühlt die Luft meist etwas herunter. Eine Höllenhitze wie in Athen war hier nicht möglich. Aber dafür ist die Feuchtigkeit in der Luft schlimmer als auf dem Festland.

In der Kingair Cowboy brodelte es regelrecht. Backofen.

Kein Wunder – sie stand den ganzen Tag in der prallen Sonne.

Das wird ja heiter, dachte Nikos.

Er ging seine Checkliste durch und startete die Maschine. Aber er musste warten.

Das gibt´s doch nicht. Ein Stau auf diesem Provinz-flughafen? Aber genau so war es. Ab 15 Uhr fliegen die Chartermaschinen aus Deutschland, England und Italien zurück – nachdem sie ihre Ladung Touristen ausgespien und die Rückfluggäste aufgenommen hatten. Und die großen Maschinen haben Vorfahrt. Es ist auch besser so. Kleine Maschinen haben mit Wirbel-schleppen zu kämpfen, Turbulenzen, die größere Maschinen erzeugen und hinter sich herziehen.

Wirbelschleppen haben schon größte Flugzeuge zum Absturz gebracht.

Daher achtet jeder Tower auf einen Zeitabstand von 90 Sekunden zwischen zwei Starts. Kommt ein kleines Flugzeug in eine Wirbelschleppe, ist es verloren.

Dann lieber warten.

Vor ihm warteten eine Volotea, eine Eurowings und eine Aegean. München, München und Saloniki. Nikos war Nummer vier.

Tower: Kingair 478, Mykonos Tower, hallo, cross runway 24.

Pilot: Cross runway 24, Kingair 478.

Pilot: Kingair 478, ready for departure.

Tower: Kingair 478, line up runway 32R and wait behind Volotea.

Pilot: Line up runway 32R and wait behind Volotea, Kingair 478.

90 Sekunden später.

Tower: Kingair 478, wind 310 degrees, 9 knots, runway 32R, cleared for take-off, tschüss.

Pilot: Runway 32R, cleared for take-off, Kingair 478, schönen Tag.

Er beschleunigte auf der Startbahn und hob nach nur 600 Metern ab. Nach dem Start hieß es auf Mykonos: Linkskurve, um anfliegenden Maschinen nicht in die Quere zu kommen.

Aber die Kingair reagierte nicht. Nikos war gerade mal auf 800 Fuß, viel zu niedrig und zu langsam, um reagieren zu können.

Vollkommen irritiert achtete er nicht auf die Geschwindigkeit.

Strömungsabriss.

Die Kingair kippte nach links. Der Sturzflug dauerte gerade mal vier Sekunden. Dann krachte das Flugzeug in ein Wohnhaus.

Paradise Beach liegt nur knapp einen Kilometer südlich. Für Nikos ging es aber in ein anderes Paradies. Zumindest hoffte er dies.

Der Neue erscheint
am
24. September

Der Putsch

Mykonos Crime 12

1967 putscht in Griechenland das Militär. Hellas und auch Mykonos ächzen unter der Diktatur. 52 Jahre später gibt es wieder einen Regierungswechsel in Athen. Doch die Ereignisse von damals werfen ihre späten Schatten. Ein Flugzeugabsturz und Kommissar Angelos Nikakis sorgen dafür, dass es zu einem politischen Erdbeben kommt.

Paul Katsitis - Abseits

Im Stadion von Mykonos wird die Leiche eines Mannes gefunden. Da der Mann Fan von Olympiakos Piräus war, geraten alle Anhänger des Konkurrenzvereins Panathinaikos Athen in Verdacht. Die Indizien lassen zunächst keine andere These zu und der Hass zwischen beiden Lagern ist tatsächlich so groß, dass auch ein Mord im Bereich des Möglichen liegt. Doch als Kommissar Angelos Nikakis in die Welt der Spielerscouts eintaucht, stellt er fest, dass es um ganz andere Dinge ging: um Menschenhandel, Pädophilie und natürlich eine Menge Geld!

Paul Katsitis – Die Maske

ohne Vorwarnung in den Rücken geschossen hat, steht er bald unter Anklage.
Im Schatten des Prozesses gelingt es einem neuen, besonders brutalen Drogenhändler, genannt „Máská", sein Netzwerk auszubauen. Und er zögert auch nicht, als sich ihm die Gelegenheit bietet, Kommissar a.D. Angelos Nikakis aus dem Weg zu räumen.

Paul Katsitis – Die Bestie von Mykonos

Zwei Kriminalbeamte, Alexandros und Angelos, quittieren den Dienst und eröffnen gemeinsam auf Mykonos eine Bar. Nebenher betreiben sie eine kleine Privat-Detektei. Da die Polizei chronisch unterbesetzt ist, werden Alex und Angelos – wegen ihrer Erfahrung - regelmäßig hinzugezogen. Mykonos ist in Aufruhr. Offensichtlich foltert, vergewaltigt und tötet ein Mann junge Touristen. Um ihn zu stellen, bleibt nichts anderes übrig, als dass Angelos den Lockvogel spielt – mit furchtbaren Konsequenzen ...

Paul Katsitis – Rache

Im Kloster Ano Mera auf Mykonos wird ein Priester tot aufgefunden, dessen Leiche übel zugerichtet ist. Es sieht nach einem Rachemord aus – doch wofür?

Paul Katsitis - Hass

Es ist ein besonderer Fall für die beiden Ermittler Alex und Angelos Nikakis. Die Leiche eines jungen Mannes wird in den Dünen gefunden. Am und im Körper des Toten findet sich die DNA von Angelos. Er wird verhaftet. Zuerst geschockt von der Möglichkeit, dass Angelos Es ist ein besonderer Fall für die beiden ihn betrogen hat, beschließt Alex, den Beweisen nicht zu glauben.
Und hat Recht. Hinter allem steht nur eines:

Paul Katsitis – Inzest

Ein Bräutigam, der sich am Tag der Hochzeit vom Balkon stürzt und eine Mädchenleiche in einer Wagenpresse. Zwei Fälle für die beiden Ex-Kommissare Alex und Angelos Nikakis Zwei Fälle, die sich nach und nach aufeinander zu bewegen.

Paul Katsitis – Der-Drei-Sterne-Mord

Im besten Restaurant der Insel wird der Chefkoch, ehemals Leibkoch Gaddafis, mit durchschnittener Kehle aufgefunden. Ein schwieriger Fall für Alex und Angelos, zumal die eigene Familie mit beteiligt ist. Der Fall erfährt eine erstaunliche Wendung, als die beiden Ermittler erfahren, dass der britische Außenminister Mykonos besucht – auf dem Landsitz des griechischen Premierministers.

Paul Katsitis - Tattoo

Zwei Highlights stehen auf dem Programm des Wochenendes: ein hochdotiertes Beachvolleyball-Turnier und die Eröffnung der ersten Spielbank auf der Insel.
Nicht ins „Event-Wochenende" passen zwei Tote: ein 19-jähriger Junge und einer der Beachvolleyballspieler. An dessen „natürlichem Tod" haben die Ermittler Alex und Angelos so ihre Zweifel.

Paul Katsitis – Skalpell
Am Strand von Ornos wird eine Frauenleiche gefunden. Es ist die Tochter des Bürgermeisters. Der Leiche fehlen Nieren und Leber.

Doch es geht bei der Mordserie nicht nur um Organe, wie die beiden Ermittler Alexandros und Angelos Nikakis bald feststellen. Es existiert ein komplexes Netzwerk, das verschiedene kriminelle Felder abdeckt, und so mancher Inselbewohner ist darin verstrickt.

Weitere Mykonos-Bücher

Sven M. Schlick – Griechische Brandung/ Jenseits von Mykonos
Zwei Kriminalromane, die Vorläufer der „Mykonos Love Story".

MYKONOS LOVE STORY
Von Michael Markaris

Auf der Suche nach weiterer Gay Literatur?
„Die Mykonos Love Story 1-11" von Michael Markaris.

Mykonos´ Hauptkommissar Paul Pandis hat mit 53 sein Coming-Out und verliebt sich in den 29-jährigen Angelos, Mitarbeiter des EYP.

Bisher erschienen:

Hinweise

ECMO ist eine tragbare Herz-Lungen-Maschine,
die seit 2018 im Einsatz ist. In Deutschland verfügen die
meisten Rettungshubschrauber über das Gerät.

OPKE ist die Spezialeinheit der griechischen Polizei.
In Griechenland unterstehen Polizei und Geheimdienst
dem Militär.

EYP ist der griechische Geheimdienst.

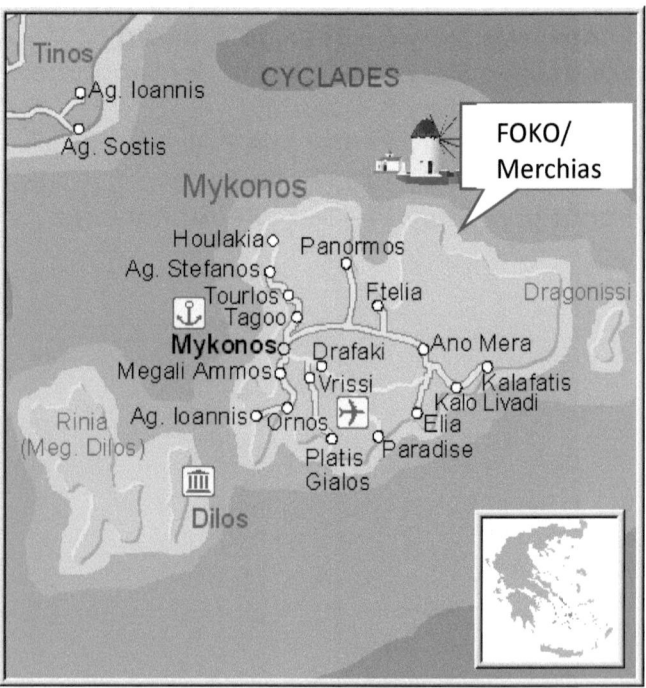